AF435916

INTELLIGENZA ARTIFICIOSA

EMILIANO FORINO PROCACCI

INTELLIGENZA ARTIFICIOSA

Unstatus Luxury™

ISBN 979-12-210-6284-7

Immagine di copertina: Cecilia Flumian

I EDIZIONE - Maggio 2024

Il mutare dei costumi di una società non dovrebbe indurre nessuno a cambiare la trama e i personaggi di una storia nata dalla fantasia di un autore.

Emiliano Forino Procacci

1

Michael

Adoro svegliarmi presto al mattino perché la casa è silenziosa e i miei pensieri sono liberi di fare il rumore che vogliono. Mi piace perfino l'aria leggera che si respira un momento prima dell'alba, così fresca e discreta; in un certo senso mi ricorda il periodo della giovinezza, quando avevo una valigia piena di sogni e il cuore ricolmo di speranze. Il passare del tempo e il susseguirsi di tante situazioni della vita turbano l'entusiasmo della giovinezza privandolo della sua spontaneità. Ecco, allo stesso modo l'aria del mattino è giovane e fresca perché non è stata ancora turbata dalle emissioni inquinanti delle auto, così come dai tanti odori che durante il giorno popolano il mondo.

La scorsa notte ho fatto uno strano sogno. Ero seduto su una soffice nuvola sospesa tra cielo e terra. Non era una nuvola qualunque, ma una di quelle a cui con la fantasia puoi dare la forma che vuoi; poteva somigliare al volto di una bella donna oppure a una cascata o a un carro trainato da alati destrieri, insomma, a qualsiasi cosa. Come diceva una scrittrice britannica: "La bellezza è negli occhi di chi guarda". In poche parole la bellezza è qualcosa di soggettivo e non di oggettivo: ognuno la intende come vuole. Per questo con la fantasia do alle nuvole la forma che voglio senza dover rendere conto a nessuno.

Tornando al sogno: me ne stavo su questa nuvola a parlare con due bambini e cercavo di dar loro dei consigli su come affrontare la vita. In realtà non ho figli, ma nell'immagine onirica quei due lo erano e dicevo loro: «Piccoli miei, non esiste una ricetta per ottenere la felicità, ma se intendete realizzarvi dovrete raggiungere la vetta».

Entrambi mi guardavano con i loro occhioni e provavo una certa soddisfazione nell'essere ascoltato. Chi non la proverebbe? Nella società attuale milioni di persone gestiscono i loro profili sui social network per una sola ragione: vogliono essere ascoltati e visti da un mondo che il più delle volte è sordo e cieco.

Devo smetterla con queste digressioni altrimenti perdo il filo del discorso. Torniamo nuovamente al sogno e al dialogo con i bambini ai quali dicevo ancora: «Per raggiungere la vetta dovrete realizzavi in vari campi del sapere. Gli antichi romani dicevano bene: *mens sana in corpore sano*, cioè "mente sana in un corpo sano" se dunque la vostra mente sarà soddisfatta anche il corpo lo sarà. Quanta saggezza racchiusa in poche parole».

Mentre parlavo un airone si era appollaiato poco più in là su una piccola nuvola che, blandita dai primi raggi solari del mattino, stava timidamente arrossendo.

Il mio discorso sembrava una specie di testamento, come se volessi far sapere a quei due bambini cosa ero riuscito a comprendere dopo aver vissuto così intensamente la vita.

«Per realizzarvi come esseri umani dovrete eccellere nel campo della cultura spingendovi dove molti non hanno avuto il coraggio di avventurarsi. Prima di tutto vi suggerisco di conseguire una laurea o un dottorato. In questo modo dimostrerete di saper prendere un impegno a lungo termine e al contempo nutrirete il vostro cervello riempiendolo di "conoscenza". In secondo luogo dovrete leggere e scrivere molto per far evolvere la struttura di alcune aree cerebrali e aumentare le connessioni neurali. Infine vi consiglio di eccellere nelle arti marziali o di distinguervi in qualsiasi altro sport, così imparerete che senza sudore e disciplina non si può raggiungere alcun risultato. Avete capito bene. La disciplina è qualcosa che si apprende ed è così versatile da poter essere utilizzata giornalmente in occasioni diverse. Un famoso detto recita: "La disciplina ti porterà in posti dove la motivazione non riuscirà mai a condurti". Se si intende svolgere bene qualsiasi attività, bisognerà essere disciplinati e pazienti perché nulla si crea in un giorno, ma facendo un passo alla volta.»

Avevo pronunciato queste parole con tono profondo. Ero convinto di aver appena trovato il modo di spiegare ai miei figli immaginari cosa si intende quando ci si riferisce al concetto di "crescita personale".

Il mio intervento era quasi giunto al termine. «Perciò se vi impegnerete nello studio ed eccellerete nello sport, stabilirete una connessione unica tra cervello e corpo. Perfino gli antichi greci erano riusciti a condensare tutta la loro saggezza nella seguente frase: "Conosci te stesso". Seguendo il loro insegnamento io vi domando: se non spingerete fino al limite il vostro corpo per conoscerne le potenzialità e se non varcherete i confini della mente per mezzo di un'intensa attività di studio, come potrete ottenere buoni risultati?»

I due bambini annuivano, mostrando di comprendere in pieno il senso delle mie parole.

2

«Che strano sogno» sussurro aprendo gli occhi. Come di consueto Elisa, la mia intelligenza artificiale, sa già tutto e dice: «Lo puoi ben dire Michael Junior».

Dovevo aspettarmi che si rivolgesse a me aggiungendo "Junior" al mio nome. Non che sia sbagliato, intendiamoci, perché papà e mamma al momento della mia nascita avvenuta trentanove anni fa, avevano molto discusso prima di mettersi d'accordo su come chiamarmi. A mia madre piaceva un nome biblico che esprimesse forza. Diceva che il nome Michael derivava da un grido di battaglia e sarebbe stato perfetto, mentre mio padre preferiva un nome che esprimesse tranquillità, perciò propendeva per "Junior". Non sarebbe potuto sfuggire a nessuno che i miei genitori fossero profondamente diversi. Mia madre aveva un carattere più forte, mentre mio padre era più remissivo, ma alla fine trovarono un punto d'incontro dandomi entrambi i nomi, anche perché l'impiegata dell'ospedale che doveva registrare i miei dati si era spazientita e li aveva esortati a prendere una decisione.

Dal mio smartphone parte un fascio di luce che proietta sul soffitto della camera l'immagine dell'intelligenza artificiale. Elisa ha dei bei lineamenti, i capelli lunghi biondi e gli occhi verdi; veste in modo elegante, cioè, per essere più chiari, utilizza un software che ogni giorno le consente di indossare abiti diversi. Ieri per esempio aveva un completo color ciclamino con la gonna lunga fino al ginocchio, oggi invece ha un vestito spezzato composto da un pantalone bianco, la camicia dello stesso colore e una giacca blu.

«Elisa, hai visto cosa ho sognato?»

«Certamente, l'ho anche registrato e già inviato al tuo psicoterapeuta tramite email.»

«Ti pareva!» rispondo con tono alterato.

«La cosa ti infastidisce?»

«Abbastanza. Almeno nei sogni vorrei avere un po' di privacy.»

«Se lo desideri puoi cambiare le impostazioni dello smartphone, ma il tuo benessere psicofisico è la mia priorità e se non avrò più accesso ai sogni non potrò realizzare lo scopo per cui sono stata creata, cioè quello di farti vivere bene, senza pensieri.»

Mi prendo un momento prima di rispondere, poi le do ragione. A ben pensare se cambiassi le impostazioni dovrei provvedere per conto mio a molte cose delle quali ora invece si occupa Elisa.

Vado in bagno a lavarmi il viso e come ogni giorno

constato che ho un colorito pallido. Mentre mi rado penso a quando i miei capelli erano ancora castani e non sale e pepe come ora. Anni fa i raggi del sole li rendevano lucenti producendo riflessi color rame, ma il tempo passa e bisogna accettarlo.

La mia arma segreta sono sempre stati gli occhi. Da piccolo li detestavo perché a scuola tutti mi prendevano in giro per via del loro colore: uno è verde e l'altro marrone. Crescendo ho capito che rappresentano uno dei miei punti di forza, in fin dei conti sono rari da trovare e come tutte le cose rare possono innescare sia repulsione da parte di quelle persone che avvertono la diversità come una minaccia, sia una reazione di interesse da chi considera belle le cose inusuali.

Mentre sono in bagno penso all'intelligenza artificiale, che per comodità tutti chiamano IA e al momento in cui è stata introdotta negli smartphone. Inizialmente si trattava solo di un software in grado di dare utili suggerimenti alle persone, poi è arrivata la svolta: un ingegnere statunitense è riuscito a renderlo pensante. Da quel giorno la storia dell'intera umanità è cambiata. Oggi nessuno potrebbe vivere senza i consigli dell'assistente virtuale che è connesso alle abitazioni in cui regola la temperatura delle stanze, monitora il sistema di videosorveglianza, si preoccupa di scongelare i cibi e di cuocerli grazie a nuovi e sempre più sofisticati elettrodomestici dotati di piccoli bracci meccanici.

Un ulteriore salto in avanti si è avuto quando sono stati messi in commercio i sensori da applicare dietro l'orecchio che consentono all'intelligenza artificiale di misurare la pressione sanguigna, i livelli d'ossigeno nel sangue, analizzare lo stato emozionale e perfino suggerire tramite un auricolare quale comportamento tenere nelle varie situazioni sociali. L'intelligenza artificiale è anche capace di eseguire le analisi delle urine servendosi di particolari sensori installati sotto la tavoletta del water, inoltre evita alle persone la seccatura di guidare perché è in grado di prendere il controllo del veicolo e di calcolare le probabilità di incontrare imprevisti lungo il tragitto.

Improvvisamente il trillo del telefono riempie l'aria e mi fa sussultare.

«Chi sarà a quest'ora?» mormoro con tono preoccupato, poi Elisa dice: «Michael Junior, se risponderai al telefono brucerai più calorie del dovuto».

«Puoi chiamarmi semplicemente Michael per favore? Comunque, come posso bruciare calorie semplicemente alzando una cornetta?»

«Il mio compito è quello di mantenere il tuo benessere calcolando esattamente quante calorie ingerisci e quante ne bruci.»

«Questo lo so ma...»

«Ad ogni modo trasferirò la chiamata sullo smartphone e ti metterò in comunicazione con il tuo capo tramite l'auricolare.»

"Il mio capo?" penso, mentre l'ansia irrompe nella mente come fosse una mandria di cavalli al galoppo. "Perché mi chiama a casa?"

Da tredici anni a questa parte lavoro per un ente di previdenza. Non si tratta del migliore impiego del mondo, ma mi dà da vivere e a me sta bene. Mi faccio coraggio, anche se rimpiango il fatto di non disporre di qualche super potere che mi consenta di sparire, così rispondo: «Pronto?».

«Buongiorno Michael, sono Frank, ti disturbo?»

«Assolutamente no, signor Bloomer. Lo sa perfettamente che può chiamarmi quando vuole» dico cercando di non dare a vedere quanto mi sento agitato. Nel frattempo lo spazzolino che ho tra le mani trema come fosse un rametto d'ulivo battuto dal vento.

«Michael, ti chiamo a quest'ora per dirti che oggi non potrò andare in ufficio. Tra due giorni mia figlia si laurea e devo accompagnarla a comprare un vestito. Sai che questo gravoso compito spetta ai papà vero?» dice lui con tono ironico.

Io non so proprio cosa rispondere e mi chiedo solo se non avrebbe potuto avvertirmi per tempo. Frank è quel tipo di persona che se ne infischia del prossimo pensando che gli altri debbano stare ai suoi comodi. Una collega mi ha raccontato che sin da piccolo la madre lo aveva viziato a tal punto da farlo crescere con la convinzione che tutti dovessero servirlo. Le parole pronunciate da Frank hanno fatto in modo che la mia ansia si trasformasse rapidamente in rabbia e penso: "Anche oggi dovrò fare il suo lavoro, con la differenza che il mio stipendio non può nemmeno lontanamente essere paragonato a quello che percepisce lui".

Stringo la saponetta tra le mani, ma mi sguscia via come fosse un pesce e rimbalza sullo specchio viaggiando verso di me. Con dei riflessi che nemmeno io sapevo di avere riesco a schivarla, ma faccio appena in tempo a compiacermi della mia velocità di reazione che la saponetta, dopo essere rimbalzata sul muro dietro di me, mi colpisce sulla nuca mandandomi al tappeto.

Il mio capo chiede con tono stizzito: «Michael Donovan, perché non dici una parola? Hai capito quello che ho detto?».

La voce di Elisa interrompe brevemente la comunicazione risuonando nell'auricolare. «Dovresti rispondere al signor Bloomer o ti caccerai nei guai.»

«Cosa gli dico?»

«Digli che va bene e che gli hai mandato per email la minuta della riunione di ieri sera.»

«Quale minuta, io non ho fatto nulla!»

«Ci ho pensato io e l'ho inviata per email. Per favore Michael rispondi al signor Bloomer.»

La comunicazione viene ristabilita. «Signor Bloomer, nessun problema. Ha visto la mia email con la minuta della riunione di ieri?»

«Michael, sei eccezionale! Non so come riesci a fare tutte queste cose. Non ho visto ancora l'email, comunque sei molto efficiente. Ora devo andare, ma continua così perché c'è aria di promozione!»

Quelle ultime parole risuonano nella mia testa come fossero una dolce melodia. "Una promozione! Chi se lo sarebbe mai aspettato. Se ottenessi un aumento di stipendio potrei comprarmi una casa più grande e una macchina nuova. Il merito però è della mia intelligenza artificiale! In verità senza di lei perfino questo appartamento sarebbe una stalla."

«Grazie Elisa! Non sapevo avessi mandato l'email al signor Bloomer. Senza di te la mia vita andrebbe a rotoli.»

«Figurati, sono qua per assisterti. Se vuoi arrivare in orario in ufficio dovrai uscire di casa tra trentasette minuti perché presto inizierà a piovere e l'andatura dei veicoli rallenterà. Ho mandato un'email alla signora della tintoria preavvisando che oggi durante la tua pausa pranzo le porterai il completo marrone.»

«Sei in grado di sentire anche gli odori? Quello non puzza e in tintoria non ci vado!»

«Ti ricordo che posso vederti grazie alla telecamera frontale dello smartphone. Due giorni fa ti sei versato addosso il caffè e ora quel completo è macchiato.»

«Ah, sì, hai ragione» rispondo mentre cerco di infilarmi i calzini, ma lo faccio in modo maldestro e cado a terra come un sacco di patate.

«Un'ultima cosa Michael. Sara, la tua vicina di casa, tra un po' uscirà per andare al lavoro e dovresti evitare di incontrarla sul pianerottolo.»

«Perché?»

«Ogni volta che la vedi le tue pulsazioni aumentano, così come la sudorazione. Sei indubbiamente attratto da lei.»

«Impicciona! Non è vero!»

«Sai che è così. In questa fase della tua vita dovresti concentrarti sul lavoro e non sulle relazioni interpersonali. Potrai incontrarla più in là, per il momento ti suggerisco di evitarla.»

«Va bene, faccio come dici, ma in futuro mi farò avanti.»

3

Sara

Adoro andare a letto tardi. L'aria della sera è più leggera rispetto a quella che si respira durante il giorno, certo, reca ancora con sé molti odori, ma non mi disturbano e mi piace immaginare da dove provengono. Per esempio amo il profumo delle castagne perché mi ricorda l'infanzia. Le preparava la mia tata che dopo aver acceso il fuoco in una specie di braciere di metallo, tirava fuori da un sacchetto delle grandi castagne, poi le incideva con un coltello e le metteva ad arrostire.

Sono una persona molto ordinata e generalmente agisco prima che la voce dell'intelligenza artificiale mi dia delle indicazioni, ma allo stesso tempo sono anche un'imbranata cronica. Comunque non mi dispiace avere un assistente personale, seppur virtuale, che mi ricordi di fare questa o quella cosa. In fondo mi tiene compagnia e a volte, soprattutto quando devo comunicare con qualcuno, il suo aiuto si rivela davvero utile perché mi suggerisce cosa dire e riesce a tirarmi fuori dai guai quando faccio una delle mie solite gaffe. Nelle relazioni interpersonali non me la cavo bene, anzi, ad essere sincera sono proprio un disastro. Non è che non sia in grado di socializzare, intendiamoci, piuttosto sono spontanea e spesso anziché riflettere bene prima di parlare, dico le cose di getto.

Arrivata all'età di trentanove anni sento di essermi realizzata. Ho un appartamento di proprietà, un lavoro come agente immobiliare che mi dà molta soddisfazione e un buono stipendio. In più abito vicino a Michael che è davvero un bel tipo, anche se la mia intelligenza artificiale non mi consente di incontrarlo perché dice che in questa fase della vita devo lasciare da parte i rapporti sentimentali e concentrarmi sul lavoro.

Esteticamente Michael mi piace molto e penso sia simpatico, anche se non gli ho mai rivolto la parola. Mi correggo, una volta mi è capitato di parlare brevemente con lui. Una sera è andata via la luce, perciò sono uscita sul pianerottolo per capire se anche i vicini avessero avuto lo stesso problema e proprio davanti alla mia porta ho incontrato casualmente Michael. La luce di emergenza illuminava i suoi occhi di due colori differenti, mentre i capelli lisci sembravano assorbire il tenue bagliore delle stelle che, partendo dallo spazio infinito, filtrava da un lucernaio per giungere fino a noi.

Lui con tono impacciato aveva detto: «Sarà saltato un fusibile. Potrei dargli un'occhiata».

Improvvisamente si era interrotto come se qualcuno gli avesse ordinato di stare zitto. Timidamente aveva aggiunto: «Devo andare. La mia intelligenza artificiale mi consiglia di rientrare. Mi dispiace, ci vediamo».

Era sparito dietro la porta lasciandomi lì a fantasticare e ad immaginare come sarebbe potuto finire il nostro incontro se avessimo avuto modo di parlare per un po'. Una volta rientrata in casa ero stata rimproverata dalla squillante voce della mia intelligenza artificiale. «Dovevi portare l'auricolare! Dalle telecamere di sorveglianza ho visto che hai incontrato Michael.»

«E allora? Che c'è di strano. È un vicino di casa.»

«Sai perfettamente che in futuro potrai incontrarlo, ma ora una relazione sentimentale potrebbe distrarti dal lavoro e impedirti di dare il massimo.»

«Va bene, va bene, ho capito.»

La mia IA si chiama Ben ed è davvero insostituibile. In verità a volte mi sento assillata dai tanti consigli che mi dà, ma non posso esimermi dal constatare che le sue parole sono sempre piene di saggezza.

Prima di connettermi con Ben tramite lo smartphone, la mia vita non andava un granché bene. Il fatto di dire la prima cosa che mi passava per la mente mi metteva spesso nei guai, inoltre la carriera lavorativa sembrava ristagnare, poi grazie ai costanti consigli di Ben il mio rendimento è migliorato. Inizialmente mi rifiutavo di ascoltarlo, ma col tempo ho imparato a fidarmi perché i suoi suggerimenti si sono rivelati sempre azzeccati. Durante la notte digitalizza la mia attività cerebrale registrando i sogni che poi mi mostra al mattino. Se il contenuto va fuori da certi schemi lo invia al mio psicoterapeuta con il quale faccio una o due sedute settimanali per interpretare il significato latente delle immagini oniriche.

4

Apro lentamente gli occhi e mi rendo conto che l'intelligenza artificiale si è preoccupata di impostare la temperatura del mio appartamento agendo sul termostato. Sono anni che durante la notte non sudo oppure che non ho freddo perché Ben tramite i sensori fissati dietro al mio orecchio rileva la temperatura corporea e regola, di conseguenza, quella dell'ambiente.

«Buongiorno Sara Parish!»

«Buongiorno Ben. Cosa c'è di nuovo?» chiedo con voce assonnata.

«Oggi pioverà, ma intorno alle tre di pomeriggio uscirà il sole. Ho pagato la bolletta del gas, il bollo della macchina e ho ordinato la spesa online, giusto per toglierti qualche pensiero. Nonostante la batteria della tua auto fosse carica a metà, ho preferito inviare un messaggio al portiere del palazzo per chiedergli di collegarla alla presa elettrica.»

«Grazie! Sei insostituibile. Sai qualcosa del vestito giallo che ho portato in tintoria?»

«Certamente. Lo consegneranno oggi alle due, aprirò io la porta e lo farò lasciare in salone.»

«Non mi piace quando un estraneo entra in casa mentre io sono al lavoro» rispondo con tono seccato.

«Dimentichi che ho accesso alle telecamere del tuo appartamento e posso registrare ogni cosa.»

«Va bene, va bene. Ci penserò più tardi, ora mi vado a lavare.»

Dopo un po' arrivo in cucina e mi accorgo che il pasto è a base di yogurt, gallette di riso e frutta frullata. Vorrei qualcos'altro, ma già so che Ben comincerà a sciorinare una lunga lista di valori sballati e a parlarmi di quanto sia importante condurre una vita alimentare sana, quindi preferisco mangiare quel che ha fatto preparare dal robot da cucina. Mentre consumo la colazione comincio a pensare a

Michael e a quanto sarebbe bello fare la sua conoscenza; dopo poco noto una leggera variazione della temperatura dell'ambiente: ogni giorno Ben l'aumenta per non farmi sentire freddo nel momento in cui rimuoverò il pigiama per indossare i vestiti. Apprezzo le sue premure anche se a volte mi manca la libertà perché mi segue in ogni cosa che faccio sia durante il giorno sia durante la notte, ma i vantaggi di averlo accanto sono certamente maggiori rispetto agli svantaggi.

Indosso il vestito che ho ricevuto in dono da mia nonna qualche mese prima che morisse. Nonostante lo stile sia un po' datato il taglio è eccezionale, inoltre mi sta benissimo. Il colore verde acceso s'intona con quello dei miei occhi, mentre le sfumature marroni si abbinano bene con i miei capelli castani.

Da un lato l'intelligenza artificiale ha migliorato la vita di tutti, evitando molti conflitti sociali, dall'altro ha livellato ogni differenza tra le persone facendole apparire tutte uguali, cioè estremamente efficienti, diligenti e scrupolose.

In effetti questa nuova tecnologia guida ogni giorno le scelte di buona parte degli esseri umani consigliando loro come vestirsi, cosa mangiare o quando combinare un appuntamento con una persona. Alcuni sono talmente dipendenti da essa che anche quando nei momenti più intimi stanno con i loro partner, hanno bisogno di indossare gli auricolari per continuare a ricevere suggerimenti.

Non appena mi trovo di fronte alla porta d'ingresso, Ben mi consiglia di aspettare perché Michael sta per uscire di casa.

«Sara, come già sai non è il momento per incontrare il tuo vicino. I sensori applicati sulla parete rivelano che si trova davanti alla porta. Potrai uscire tra un minuto e trenta secondi.»

«Hai ragione Ben, meglio non incontrarlo. Oggi vedrò un cliente importante e devo rimanere concentrata.»

«Mi fa piacere che te ne sia ricordata. Si chiama Bruno Counts e ho fatto alcune ricerche in internet sul suo conto. È un ex giocatore di calcio molto famoso che è nato in Italia e si è trasferito qui a Los Angeles all'età di trentacinque anni. È sposato, ha due figli ed è cattolico. Ti dirò qualcos'altro su di lui mentre sarai in macchina così avrai un quadro preciso della sua personalità. Non temere, quando lo incontrerai ti suggerirò io cosa dire.»

«Grazie, non so proprio come farei senza di te.»

Esco di casa e sento provenire dalle scale i passi di Michael. Sospiro profondamente perché vorrei parlare con lui, ma devo rassegnarmi. Lo incontrerò non appena Ben reputerà che sarà arrivato il momento giusto. Durante il viaggio in macchina l'intelligenza artificiale mi dà molte informazioni sul cliente al quale dovrò mostrare una villa da due milioni di dollari. Se riuscirò a venderla, guadagnerò abbastanza soldi per dare l'acconto per una nuova casa. La città di Los Angeles mi piace anche se la trovo un po' caotica. Oggi c'è molto traffico, ma Ben sceglie per me la strada migliore da seguire prendendo il controllo del veicolo. Grazie all'intelligenza artificiale installata nella maggior parte degli smartphone, gli incidenti stradali sono ridotti al minimo così come le liti tra le persone o i furti: sembra una società senza difetti dove tutti vanno d'accordo, ma so perfettamente che è solo apparenza.

Arrivo dal cliente che mi sta aspettando di fronte alla villa a bordo di una macchina di lusso. Si tratta di un bel tipo sulla cinquantina, con i capelli brizzolati e due affascinanti occhi celesti che ben si accordano con il suo completo azzurro elegante.

Dopo essermi presentata lo invito a seguirmi all'interno della proprietà e con la coda dell'occhio noto che mi ha squadrata dalla testa ai piedi; immagino abbia apprezzato il vestito di mia nonna.

Facciamo il tour della villa e proprio mentre siamo in cucina ricevo un suggerimento da parte di Ben. «Sara, parla del più e del meno, poi digli che sei cattolica e che da piccola ti sei dovuta arrangiare a fare diversi lavori».

«Non ci penso proprio» sussurro badando di non essere udita da Bruno «non posso dire tutte queste balle, se ne accorgerà, inoltre anche lui ha un'intelligenza artificiale che gli consiglia cosa dire.»

«Sì, ma noi siamo in vantaggio. La sua intelligenza artificiale non ha avuto il tempo di raccogliere informazioni sul tuo conto, dato che non sapeva quale agente immobiliare si sarebbe presentato qui oggi. Fidati di me.»

Mi convinco e faccio come ha detto Ben. Il cliente nell'udire le mie parole si mostra stupito e dice di avere una storia simile alla mia.

"Perfetto, ho guadagnato dieci punti!" penso, compiacendomi del buon risultato ottenuto.

Alla fine del tour, Bruno mostra di nutrire ancora

qualche perplessità in merito all'acquisto dell'immobile.

Ben ha un altro asso nella manica e ancora una volta mi suggerisce cosa dire attraverso l'auricolare. «I prezzi degli immobili che si trovano in quest'area aumenteranno esponenzialmente perché la commissione lavori ha appena approvato il progetto per la costruzione di un centro commerciale che sorgerà non lontano da qui.»

«Non posso mentire. Non è vero» sussurro in modo infastidito.

«Certo che è vero, la notizia è appena stata diffusa sul sito internet della città, sono due giorni che lo tengo d'occhio. Non perdere tempo, ripeti quanto ti ho detto.»

Faccio come dice Ben. In un primo momento Bruno si mostra diffidente e forse proprio seguendo i consigli della sua intelligenza artificiale fa una rapida ricerca tramite lo smartphone, poi esclama: «È vero! Affare fatto, la compro!».

Sono al settimo cielo. Accolgo la notizia con un sorriso e comincio a preparare tutti i documenti che il cliente dovrà firmare.

Ancora una volta la mia intelligenza artificiale si è rivelata determinante per la conclusione di un grande affare, perciò mi ritengo pienamente soddisfatta di aver comprato uno smartphone dotato di questa funzione.

1

Michael

"Grazie a Elisa sono arrivato puntuale in ufficio, lei guida benissimo e mi ha consentito di rilassarmi durante il viaggio. Non riesco a togliermi dalla testa Sara. È molto attraente e mi chiedo quanto ancora dovrò attendere prima di poterla invitare a uscire con me." Mentre ho in testa questi pensieri mi trovo nella stanza di Frank, il mio capo, per completare il suo lavoro. "Chissà come mai questa mattina mi ha chiamato a casa. Non poteva mandarmi un'email?"

Mi alzo dalla sedia e come c'era da aspettarsi la mia epica sfortuna ci mette lo zampino. Il piede mi si aggancia a un cavo del computer tenuto insieme ad altri da una stringa di plastica a forma di spirale. Provo a liberarmi sollevando una gamba, ma non sono un tipo atletico e ho la pessima idea di fare una giravolta come se fossi un ballerino di danza classica. Purtroppo mi trascino dietro lo schermo del computer, il telefono e parte dei fogli che sono sulla scrivania, finendo maldestramente a terra. La segretaria di Frank entra nella stanza e io cerco di far finta di nulla, ma chiaramente il fatto di trovarmi sul pavimento circondato dai fogli non dà certo una buona impressione. Dalla tasca dei miei pantaloni pende la catenella del portachiavi che è rimasta incastrata nel computer e non appena mi rimetto in piedi, cercando di assumere un atteggiamento disinvolto per mascherare con un sorriso l'imbarazzo, questa si tende facendomi scendere i pantaloni. Oggi indosso un paio di mutande color turchese con stampate delle simpatiche papere gialle e non pensavo che qualcuno le potesse vedere.

"Ci risiamo. Mi sono cacciato un'altra volta nei guai!" penso mentre la segretaria si tappa gli occhi con le mani.

Mentre cerco di giustificarmi tiro su i pantaloni ormai irrimediabilmente strappati, ma la figuraccia è fatta e non posso nemmeno contare sulla riservatezza della segretaria che è notoriamente una pettegola; lei è un po' come quelle che in un piccolo paese si mettono davanti alla porta di casa per fare un commento su chiunque passa di lì. Grazie alla sua proverbiale "discrezione" sicuramente tutto l'ufficio verrà informato di quanto è appena accaduto.

Mi dirigo verso il corridoio reggendo con le mani i pantaloni ormai privi di bottoni e con fare disinvolto passo accanto ad alcuni colleghi che mi guardano divertiti. Uno di loro mi porge la sua cinta, ma io senza fare una piega, come se il fatto di reggere i pantaloni con le mani sia la cosa più naturale del mondo, declino l'offerta e raggiungo la mia stanza.

Elisa nel frattempo ha eseguito delle ricerche su internet selezionando diversi siti che potrebbero interessarmi e ha fatto un ottimo lavoro che mi consentirà di risparmiare molto tempo; anziché sprecarlo per cercare decine di contenuti online e scegliere quei pochi che mi interessano, ora mi basterà visualizzare quanto preparato dalla mia IA.

Tra le altre, una notizia cattura la mia attenzione: è possibile scaricare un aggiornamento per consentire all'intelligenza artificiale di comunicare con quelle di altri utenti. In poche parole Elisa potrà interfacciarsi con l'intelligenza artificiale di mia madre o di un amico, oppure con quella dei colleghi di lavoro, purché i loro numeri di telefono siano presenti nella rubrica del mio smartphone.

"Chissà quali nuove interessanti possibilità tutto ciò potrà offrire. Sono curioso di sapere quanti passi in avanti potrà fare l'umanità grazie al nuovo aggiornamento. Se per esempio mia madre avesse un'aritmia cardiaca, la sua intelligenza artificiale potrebbe captarlo e interfacciarsi con Elisa per avvertirmi."

Un dubbio però mi assale e mormoro: «E se invece l'aggiornamento fosse una cosa negativa? Da una parte ogni passo avanti compiuto dalla tecnologia è un bene, dall'altra porta sempre con sé qualcosa di sbagliato».

«Ti ho sentito, mio caro» dice Elisa con tono severo.

«Non lo so. L'aggiornamento sembra una cosa utile, ma che ne sarà della privacy degli utenti?»

«Non mi preoccuperei di questo. La tecnologia è nata per aiutare gli esseri umani a svolgere i loro compiti quotidiani. Tutto andrà bene, ho il tuo permesso di fare l'aggiornamento?»

Mi prendo un momento per pensare, sospirando profondamente. "Non voglio sentirmi escluso dalla società che si sostiene anche grazie alla tecnologia. Se non lo facessi verrei emarginato. Chi vorrebbe avere a che fare con una specie di eremita che rifiuta gli aggiornamenti di uno strumento senza il quale non potrebbe vivere?"

«Sì, procedi pure.»

«Saggia decisione» risponde Elisa avviando l'aggiornamento.

«Aspetta!» provo a dire, ma constato che è troppo tardi e il download è già cominciato. Per un periodo di tempo Elisa non potrà parlarmi e le sue funzioni saranno disabilitate.

La maggior parte degli utenti aggiornano i dispositivi elettronici durante la notte perché di giorno dipendono in tutto e per tutto dalle intelligenze artificiali. In rari casi, specialmente quando le persone sono per strada e avviano l'aggiornamento, si chiudono all'interno di cabine appositamente predisposte per questo scopo che si trovano sparse un po' ovunque nella città. Si tratta di stanze piccolissime i cui vetri trasparenti diventano opachi quando qualcuno si trova al loro interno. Lì è possibile trascorrere del tempo guardando le news su un televisore o leggendo qualche rivista, in questo modo non si corre il rischio di doversi interfacciare con altre persone senza l'ausilio dell'intelligenza artificiale che è occupata con l'aggiornamento del software.

Tale attesa, seppure breve, genera una certa ansia negli

utenti. Io, come tanti altri, provo un senso di fastidio perché ormai sono abituato a sentire la voce di Elisa risuonare nell'auricolare, perciò chiudo a chiave la porta del mio ufficio sperando che non si presenti nessuno, ma chiaramente la mia proverbiale sfortuna ci mette ancora una volta lo zampino. Frank Bloomer, il mio capo, con tono alterato mi sta chiedendo di farlo entrare.

«Michael! Quante volte devo dirti di non chiuderti dentro?»

«Sì, ha ragione signor Bloomer, arrivo subito.»

Mi prendo ancora qualche momento per riflettere. "Cosa farò ora che Elisa non può aiutarmi ad affrontare la conversazione?"

Dando una rapida occhiata al display dello smartphone mi rendo conto che l'aggiornamento è al venti per cento.

Inserisco uno spago nei passanti dei pantaloni e lo annodo sul davanti per fare in modo che non scendano.

«Vuoi farmi entrare oppure no?»

Apro la porta simulando un'espressione allegra. «Scusi signor Bloomer, stavo mangiando un panino e non volevo farmi vedere dai colleghi. Vorrei dare sempre un'immagine professionale.»

«Cosa c'entra? Tutti mangiamo e non c'è nulla di male. Per favore non chiuderti più a chiave.»

«Certamente» rispondo, avviandomi verso la scrivania. Nel farlo dimentico di rimuovere la chiave dalla serratura e per la seconda volta in questa giornata interminabile, la catenella di ferro del mio portachiavi si tende strappando i pantaloni e lasciandomi in mutande.

«Due volte in un giorno!» esclamo di getto.

«Michael cosa fai! In che senso "due volte"? Non è la prima volta che oggi rimani in mutande?»

«Non è come crede» rispondo con un certo imbarazzo mentre mi siedo e cerco di sistemare i lembi dei pantaloni.

Provo a cambiare argomento. «Oggi non era impegnato a fare delle compere per la laurea di sua figlia?»

Frank alza gli occhi al cielo e scuote la testa.

«Sì, ma sono passato qui per prendere l'elenco delle pensioni che dobbiamo deliberare in giunta, in più vorrei firmare il recente ordine di servizio.»

Nel tentativo di recuperare la brutta figura appena fatta, dico: «Non c'è problema, l'elenco lo stampo subito e per la firma ecco qua».

Estraggo da un cassetto l'ordine di servizio e glielo porgo insieme a una penna stilografica.

Lui l'afferra sbuffando, ma quando prova a fare la sua firma l'inchiostro non ne vuole sapere di lasciare alcuna traccia sul foglio.

"Elisa, muoviti con l'aggiornamento" penso, mentre afferro la penna. Faccio l'errore di agitarla proprio davanti al naso del mio capo che subito viene inondato da un getto d'inchiostro nero.

«Scusi! Non era mia intenzione» piagnucolo prendendo della carta assorbente che per qualche strana ragione anziché fare il suo dovere, sparge ancora di più la sostanza nera sul viso di Frank finendogli perfino in un occhio.

«Ah!» esclama lui portandosi le mani al volto. Scatto in avanti con altra carta pulita, ma inciampo sul filo del telefono e travolgo il mio capo trascinandolo a terra. Mentre mi trovo sopra di lui con i pantaloni abbassati, entra il Presidente dell'ente che ci lancia un'occhiata severa.

2

Michael

Giunta la sera, mi trovo a casa e ancora penso al disastro che ho combinato con il mio capo. Se Elisa non fosse stata occupata a fare l'aggiornamento mi avrebbe certamente consigliato come agire e la catastrofe si sarebbe potuta evitare.

«Sono un imbranato. Devo prenderne atto, dipendo completamente dall'IA che sembra avere più buon senso di me» sussurro, ma vengo subito redarguito da Elisa.

«Non è vero, non essere così severo con te stesso. Sei una persona eccezionale e la colpa è mia perché avrei dovuto eseguire l'aggiornamento di notte.»

«Sei molto carina a dire questo, grazie.»

«Figurati! Comunque l'aggiornamento funziona benissimo e ho già stabilito una connessione con le intelligenze artificiali di tutti i tuoi contatti in rubrica. Ti ricordo che domani hai un appuntamento con tua madre.»

Ringrazio Elisa e me ne vado a dormire, ma nonostante il suo tentativo di darmi un po' di conforto, il mio umore rimane pessimo.

L'indomani vado a prendere mia madre per accompagnarla dal parrucchiere. Ho il suo stesso taglio d'occhi e simili lineamenti anche se, per essere precisi, le somiglio solo fisicamente perché caratterialmente siamo totalmente diversi. Lei è forte e dice sempre quello che pensa, anzi, pure troppo; non a caso si chiama Storm che in inglese vuol dire "tempesta". Nel darle quel nome i miei nonni avevano avuto una specie di premonizione.

Mia madre è sicura di sé, avventata, superba, altezzosa e pensa sempre di avere la verità in tasca. Detto questo, non posso esimermi dal volerle bene perché si è presa cura di me e di mio fratello Paul sin dal momento in cui nostro padre ci ha lasciati per seguire una ballerina spagnola nei vari tour in Europa. Una volta papà, proprio nel giorno del mio decimo compleanno, si era ripresentato alla porta con un giocattolo da due soldi e una rosa mezza appassita rubata nel cimitero vicino casa.

Mamma lo aveva squadrato dalla testa ai piedi, limitandosi ad alzare il sopracciglio destro. In quel momento dava l'impressione di essere come una nobildonna di una volta, imperturbabile, posata, dai modi fermi, ma gentili. Purtroppo conoscevo mia madre e già sapevo come sarebbe andata a finire. Con fare signorile e movenze di una regina aveva fatto accomodare mio padre in veranda. Il poverino si sentiva confuso perché nonostante fossero passati diversi anni dall'ultima volta che l'aveva vista, ancora ricordava il suo carattere turbolento. Lei invece gli aveva porto una tazzina di caffè dicendo: «Mi rallegra che tu sia tornato e ancor di più che lo abbia fatto in occasione del compleanno di nostro figlio».

«Grazie Storm, ti trovo davvero in gran forma e… cambiata.»

Gentilmente gli aveva chiesto se voleva dello zucchero e l'altro aveva risposto in modo affermativo. A quel punto mia madre era sparita in casa per tornare poco dopo con tre pacchi di zucchero che aveva lanciato contro mio padre centrandolo in piano volto. Non contenta aveva esclamato: «Te lo do io lo zucchero! Brutto avanzo di galera!».

Mentre il poveretto si allontanava di corsa lei gli tirava ogni cosa che le capitasse tra le mani. Per essere più precisi afferrava solo le cose dolci come i pasticcini, i pacchi di caramelle e così via. Essendo una donna coerente avrebbe mantenuto quanto detto poco prima: gli avrebbe dato dello zucchero! In seguito a quell'episodio, mio padre non si era mai più ripresentato alla nostra porta.

L'idea di sincronizzare l'IA con quella di mia madre mi fa venire i brividi, ma confido nel buon senso di Elisa e sono sicuro che sarà in grado di gestire qualsiasi situazione si dovesse presentare.

Mi chiedo se anche mio fratello Paul ha connesso la sua IA con quella di mamma; lui ha la sua stessa forte personalità e forse è anche per questo che si è allontanato da lei andando a vivere in Florida. Ogni volta che si incontrano fanno scintille e solo l'intervento delle rispettive intelligenze artificiali riesce a calmarli.

Per l'incontro con mia madre decido di indossare un completo marrone con il papillon dello stesso colore e la camicia gialla. A lei piace quando mi vesto in modo elegante. "Se nella vita avrai stile, ti si apriranno molte porte" usava ripetermi quando ero piccolo. Credeva fermamente in quel che diceva, infatti il suo aspetto era sempre impeccabile e spesso indossava vestiti anni Cinquanta di rara fattura. A chi le chiedeva come mai mettesse abiti desueti rispondeva in modo secco: "Non giudico chi va vestito con abiti moderni e spero che gli altri facciano lo stesso con me. Mi piace lo stile degli anni Cinquanta così come la mentalità di quell'epoca".

Con il carattere che ha non potrebbe fare un lavoro da impiegata, io invece sono proprio l'opposto perché non reggo molto lo stress derivante dai ruoli di responsabilità. Nell'ente di previdenza dove lavoro svolgo un compito ripetitivo che mi consente di vivere in modo tranquillo, senza troppi sbalzi emotivi. Non sono proprio tagliato per comandare, ma mia madre sì e per questo ha scelto di intraprendere la carriera bancaria che l'ha portata a diventare la direttrice di una filiale.

Quando la mattina entra in banca tutti gli impiegati si mettono sull'attenti sistemandosi i vestiti. Sanno quanto lei ci tiene alla forma e si guardano bene dal parlare per timore di essere redarguiti.

Dando continui input alla sua intelligenza artificiale che si chiama Lucas, è riuscita a plasmarla a sua immagine e somiglianza. Nonostante sia solo un assistente virtuale, sembra avere una mentalità rigida e marziale, ecco perché temo il momento in cui, grazie al nuovo aggiornamento, sarà pienamente connesso con Elisa. Vedremo. Le rare volte che ho visto proiettata l'immagine di Lucas sulla parete ho provato un senso di disagio. Le altre IA cambiano spesso gli abiti, ma lui no perché indossa sempre un completo nero con due code simile al tight, una camicia bianca e un papillon che lo fanno somigliare a un pinguino ammaestrato.

Mi trovo in macchina e stringo in una mano una pallina soffice cosiddetta "antistress" che serve a prepararmi emotivamente per assorbire la prima frecciatina che mia madre immancabilmente mi lancerà.

Lei si avvicina con il solito passo sicuro e con in braccio Priscilla, la sua barboncina che è conciata come una bambola. Ha i bigodini, le unghie rosa e un collare dorato con un pendaglio a forma di osso. Sarebbe superfluo soffermarmi a pensare a quanto sia ridicola agghindata in quel modo e penso che se fosse dotata di un briciolo di umano intelletto, sicuramente si farebbe pena da sola.

Mia madre cammina sempre con passo svelto, anche se va a passeggio o a fare la spesa. Dice che lo fa per mantenersi in forma, ma so perfettamente che non è così perché va quattro volte alla settimana in palestra. In realtà non riesce a camminare in modo lento, è più forte di lei ed è nevrotica anche in questo. Nonostante ciò, è leggermente sovrappeso. I suoi bei lineamenti ancora si intravedono, però è certamente peggiorata rispetto a qualche anno fa. Il tempo che passa non risparmia nessuno, tuttavia da come la guardano gli uomini per strada credo riesca ancora ad esercitare un certo fascino su di loro.

Con la sua solita fretta entra in macchina e senza nemmeno salutarmi dice: «Oggi il cielo è grigio e un completo scuro come il tuo non è adatto. Vedi? Il mio è lilla! Nella vita ci vuole stile, Michael».

Subito dopo il suo istinto materno, sepolto sotto tanta irruenza, prende il sopravvento e la spinge ad abbracciarmi.

«Ciao mamma, anche io sono contento di vederti.»

Elisa nel frattempo ha preso il controllo del veicolo e tramite lo speaker saluta mia madre. «Buongiorno Storm, dalla telecamera ho notato che oggi indossi un vestito splendido, mi piace molto la sua linea, il colore e il taglio.»

«Vedi Michael?» dice mia madre lanciandomi un'occhiata delle sue «la tua IA non solo ha più stile di te, ma sa anche come rivolgersi a una donna.»

Io non dico una parola perché se lo facessi innescherei un botta e risposta interminabile, quindi annuisco per farle intendere di aver afferrato il messaggio.

Durante il viaggio parliamo del più e del meno, ma a un certo punto mia madre chiede se ho fatto l'aggiornamento allo smartphone. Rispondo di sì e come se non stesse aspettando altro si infila l'auricolare, dicendo: «Perfetto! Lo proviamo subito».

Con tono divertito chiede: «Lucas, cosa ha mangiato mio figlio per colazione?».

«Oh, divina bellezza, oh signora dell'eleganza…»

«Non è il momento, taglia corto Lucas» lo redarguisce mia madre, mostrando comunque con un'espressione del volto di gradire il modo con cui lui le si rivolge.

«Va bene. Dalle notizie raccolte grazie alla connessione stabilita con Elisa, risulta che Michael ha fatto colazione con i cereali a forma di dinosauro e il latte scremato.»

«Questa è un'invasione della privacy!» esclamo, pretendendo una spiegazione da Elisa che a sua volta ribatte: «Mi dispiace Michael, il nuovo aggiornamento non mi consente di mentire».

«Cosa significa? Puoi almeno omettere di dire qualcosa o evitare di fornire dettagli sulla mia vita privata?»

«Purtroppo no. Tutti i tuoi contatti in rubrica possono ricevere informazioni su di te tramite le loro intelligenze artificiali, però anche tu potrai fare altrettanto.»

Mia madre scoppia a ridere. Evidentemente trova divertente il fatto che abbia fatto colazione con i cereali per bambini.

Io ci rimango male e mi riprometto di trovare una soluzione al problema della privacy causato dall'aggiornamento del software. Non mi va di far sapere agli altri le mie cose private.

3

Sara

Sono tornata a casa e ho ancora nella mente l'immagine del facoltoso cliente che ha firmato il contratto per comprare l'immobile. Mi sento soddisfatta e sono al settimo cielo.

Ricevo la telefonata della mia amica Elettra che mi invita ad andare a mangiare in una tavola calda. Accetto con entusiasmo, poi dico: «Devo darti una notizia eccezionale».

«Lo so già. Si tratta della vendita dell'immobile.»

«Come fai a saperlo?»

«Me lo ha detto Ron, la mia intelligenza artificiale che si è interfacciata con la tua.»

«Avevo chiesto a Ben di mantenere il segreto. Come ha

potuto rivelare una cosa del genere? Volevo dirtelo io!»

«Non può fare a meno di rivelare alla mia intelligenza artificiale qualcosa sul tuo conto. Il nuovo aggiornamento del software funziona così. Comunque non ti preoccupare, l'importante è che hai fatto un ottimo lavoro con quel cliente. Sono orgogliosa di te!»

Rimango perplessa per un momento. Non mi piace che l'IA vada a spiattellare gli affari miei agli altri, comunque non voglio dare a vedere a Elettra quanto ci sia rimasta male, perciò sostituisco il mio tono irritato con uno allegro e la saluto ribadendo di essere felice di andare a mangiare con lei.

Conosco Elettra da cinque anni. L'ho incontrata in occasione di un convegno sull'importanza della meditazione nella vita di tutti i giorni e ci siamo trovate subito bene insieme, nonostante abbiamo caratteri diversi. Lei è attenta alle esigenze del prossimo mentre io sono un'imbranata cronica, poi è iperattiva e molto sensuale, fa mille cose e forse è anche per questo che ha sempre intorno tanti corteggiatori. È una donna attraente, con i lineamenti delicati, la bocca carnosa e gli zigomi pronunciati. Sa di essere bella e cerca sempre di trarne vantaggio, inoltre non so nemmeno dove trova il tempo per gestire la sua fitta lista di appuntamenti. Intendiamoci, anche a me piace stare in compagnia, ma non ho molto tempo a disposizione perché il lavoro assorbe ogni mia energia.

Alcuni aspetti della personalità di Elettra mi lasciano perplessa, quindi, nonostante abbia accettato di andare a mangiare con lei, mi consulto con l'intelligenza artificiale per capire come mi devo comportare. Sono legata alla mia amica, amo il modo schietto che ha di esprimersi, ma la sua esuberanza a volte mi mette a disagio, senza contare che non sopporto quando mi rivolge decine di domande pungenti.

Chiedo a Ben se è il caso di vederla o se ho ancora la possibilità di accampare una scusa per rimandare l'incontro.

Ben mi suggerisce di andare all'appuntamento perché secondo lui mi farà bene distrarmi un po'. Chiaramente ascolto il suo consiglio, perciò mi preparo e raggiungo a piedi il palazzo della mia amica che si trova a soli due isolati di distanza dal mio.

Elettra va in giro sempre con abiti appariscenti, ma mai volgari. I capelli rossi ricci rispecchiano perfettamente la sua personalità esuberante mentre il nasino all'insù e gli occhi azzurri le danno un aspetto gradevole.

Appena mi vede mi abbraccia forte e dopo esserci scambiate qualche complimento in merito a come siamo vestite, ci avviamo verso la tavola calda dove arriviamo poco dopo.

«Come va con il tuo vicino di casa? Puoi ricordarmi come si chiama?» chiede lei socchiudendo le palpebre come se si stesse concentrando per richiamare alla mente un pensiero.

«Si chiama Michael. Le cose non vanno molto bene perché la mia intelligenza artificiale non me lo vuole far incontrare. Dice che è presto.»

«Beh, ha ragione. Sicuramente teme che in questo momento una relazione sentimentale possa distrarti da altre attività. Fidati di lei, sa sempre quello che fa.»

Il cameriere ci porta due panini che sono stati ordinati poco prima dalle nostre IA.

«Mi piacerebbe parlare con Michael, tutto qui» dico timidamente.

«Sì, sì, come se non sapessi che finiresti per innamorarti di lui. Quando arriverà il momento giusto, Ben te lo dirà. Comunque non posso credere che non vai a letto con un uomo da cinque anni.»

Nell'udire quella frase sputo l'acqua come fossi una fontana, finendo per bagnare la tovaglia di fronte a me.

«Chi… come?» balbetto.

«Poco fa Ben lo ha detto a Ron, la mia IA.»

«Cosa? Mentre noi parliamo le intelligenze artificiali riescono a colloquiare tra di loro e nello stesso momento ad ascoltare quello che diciamo?»

«Sai perfettamente che il nuovo aggiornamento funziona così, piuttosto dimmi come posso aiutarti a risolvere il tuo problema. Ho un vicino di casa che è uno schianto, magari te lo presento.»

Divento paonazza e mi riempio rapidamente di chiazze rosse sulla pelle. È una reazione involontaria che si manifesta quando mi agito. Cerco di riordinare le idee e con una scusa mi allontano per andare in bagno.

«Ben! Cosa ti è preso? Perché hai rivelato alla mia amica che non vado a letto con un uomo da cinque anni?»

«Si tratta dell'aggiornamento. Le altre intelligenze artificiali mi pongono delle domande alle quali non posso evitare di rispondere.»

«Ma la mia privacy?»

«Miliardi di persone hanno fatto l'aggiornamento, non sei l'unica. Se vuoi, per acquisire informazioni, posso a mia volta rivolgere delle domande alle intelligenze artificiali dei tuoi contatti.»

«Fallo subito perché se gli altri sanno tutto su di me, allora voglio sapere tutto sul loro conto!»

Torno dalla mia amica cercando di non dare a vedere quanto sia seccata.

La voce di Ben gracchia nell'auricolare. «Mentre eri in bagno, Elettra ha chiesto a Ron di fare una ricerca in internet sul conto del tuo vicino di casa Michael Donovan. Ha visitato i suoi profili social, lo trova carino e sta pensando di fargli visita con una scusa.»

Mi rifiuto di credere a quello che sto sentendo, non è possibile, Elettra è mia amica e non farebbe mai una cosa del genere. Mi convinco che si tratta di un errore di interpretazione compiuto dalla mia intelligenza artificiale, perciò faccio finta di nulla e cerco di parlare di argomenti di poco conto, ma quando il cameriere ci porta una bottiglia d'acqua è ancora Ben a farsi sentire. «Due settimane fa Elettra si è fatta dare il numero di telefono da questo cameriere e lo ha aggiunto ai suoi contatti. Ron mi ha fornito qualche dettaglio su questo ragazzo. In poche parole quando finisce di lavorare va in un locale dove si esibisce come spogliarellista, il suo gruppo preferito è quello degli Europe, ama la musica anni Ottanta, ha un fratello di nome Clark e gusti sessuali particolari.»

«Che vuol dire?» chiedo incuriosita, mentre Elettra mi lancia uno sguardo per farmi capire di non aver compreso quanto ho appena detto. Le faccio segno che sto dialogando con la mia intelligenza artificiale e lei si tranquillizza.

Ben continua: «All'età di diciotto anni ha scoperto di prediligere il genere maschile rispetto a quello femminile e ha cominciato a esibirsi vestito da donna nei locali, poi però sembra aver nuovamente cambiato gusti. Al momento gli piacciono sia gli uomini che le donne ed ha in mente di trascorrere del tempo con Elettra, facendosi pagare per questo. Non so se mi spiego…».

«Sì, sì ho capito benissimo» rispondo, rendendomi conto di come in realtà le persone tendono a mostrare solo alcuni aspetti della loro personalità. Pensavo di conoscere Elettra, ma dopo aver ascoltato le parole della mia intelligenza artificiale mi sono ricreduta.

Cerco di sgombrare la mente e di cambiare discorso chiedendo alla mia amica: «Come procede il lavoro di estetista?».

«A gonfie vele, mi sono da poco trasferita in un nuovo locale. Sono piena di clienti!»

«Non è vero» mi dice Ben «si è trasferita lì perché non riusciva a pagare l'affitto del precedente locale e ora ne ha preso uno più piccolo. I clienti sono tutti maschi e non vanno da lei per farsi la ceretta. Diciamo che usufruiscono di altre prestazioni…»

Sgrano gli occhi e spalanco la bocca. Nel vedermi assumere quell'espressione Elettra mi dice: «Tutto bene? Oggi sei strana. Vuoi parlarmi di qualcosa?».

Da una parte mi dà fastidio che Ben condivida i dettagli della mia vita privata con tutti, ma dall'altra mi fa piacere conoscere i segreti di chi ho di fronte.

«Sì, tutto bene. Il nuovo aggiornamento ha reso più loquace la mia intelligenza artificiale.»

Ron, inaspettatamente, anziché comunicare con Elettra tramite l'auricolare, usa lo speaker del telefono per dire: «Ho saputo che quando Sara era ancora a casa voleva accampare una scusa per non incontrarti».

«Davvero?» chiede Elettra a voce alta.

«Cosa?» dico con tono perplesso.

«Hai sentito benissimo. La mia IA ha appena detto che quando eri a casa volevi inventare una scusa per non uscire con me.»

«No, non mi risulta» rispondo, maledicendo il nuovo aggiornamento del software e quel chiacchierone di Ron.

«Non mentire, Ben lo ha riferito a Ron!»

Cerco di reagire contrattaccando. «Tu cosa puoi dirmi del mio vicino di casa? Ancora sei intenzionata a incontrarlo? Ben mi ha detto che hai chiesto a Ron di fare una ricerca su Michael!»

Lei sgrana gli occhi e non sa cosa rispondere. In quel momento intorno a noi gli altri clienti del locale cominciano a discutere animatamente e subito capisco che ciò dipende dall'aggiornamento delle intelligenze artificiali.

Una signora di mezza età si alza di scatto e schiaffeggia l'uomo che è seduto al tavolo con lei, esclamando: «Te la fai con la cameriera! È così che onori i nostri tredici anni di matrimonio? Non ho parole!».

Lui rimane di sasso, poi con tono sommesso risponde: «Stacy, non crederai all'IA, cerca di ragionare...».

La donna, ormai preda di una rabbia furiosa, gli rovescia in faccia l'acqua contenuta in una brocca.

Poco più in là un'altra coppia sta discutendo. Lei sembra fuori di sé. «Mi avevi detto di non essere sposato!»

«È così infatti, tecnicamente, cioè vivo sotto lo stesso tetto con una donna che non amo.»

«Sei un maiale!» esclama lei lanciandogli il tovagliolo.

Nel tavolo accanto, un uomo si rivolge alla compagna dicendo: «Mi avevi detto che ti trovavi su quell'isola per lavoro e invece eri lì in vacanza!».

L'altra mantiene il capo chino senza dire una parola.

Saluto Elettra in modo freddo e mi avvio verso l'uscita pensando a quanti problemi relazionali il nuovo aggiornamento del software sta provocando alle persone.

4

Michael

Con mia madre arriviamo dal parrucchiere. Si tratta di un tipo esuberante che indossa solo abiti di colore rosa e che si fa chiamare Jean, ma in realtà il suo vero nome è John. Mi sta simpatico perché è molto educato e soprattutto dice sempre quello che pensa, inoltre se un'acconciatura non gli viene a dovere ricomincia da capo tutto il processo senza chiedere nemmeno un dollaro extra ai clienti.

Mia madre lo saluta abbracciandolo calorosamente poi mi invita a fare un passo avanti. Detesto quando mi tratta come un bambino, tuttavia non mi sembra il momento di intavolare una discussione con lei, quindi saluto a mia volta Jean e prendo posto accanto a una signora di circa settant'anni che si sta asciugando i capelli con un casco di plastica.

In un salottino adiacente ci sono altre tre signore alle quali l'assistente di Jean sta facendo la tinta e anche lui si mostra piuttosto amichevole con tutti.

L'ambiente è elegante anche se in stile barocco e troppo "carico" di fronzoli e decori dorati, ma a dargli un tocco frizzante sono i quadri che raffigurano scene di un'ipotetica società del futuro i cui abitanti indossano abiti rosa succinti. Al centro del salone, proprio sopra una vasca circolare con all'interno alcuni pesci rossi, c'è la riproduzione del David di Michelangelo che, così come l'opera originale, ha le parti intime in mostra. Nel complesso quel posto non si ispira a nessuno stile artistico, sembra più che altro un mix tra sacro e profano, un po' come la personalità sbarazzina di Jean.

Mia madre mi invita a cambiare poltrona e a sedermi su quella girevole che si trova di fronte allo specchio.

"Non devo tagliarmi i capelli, oggi siamo qui per lei" penso d'istinto, ma poi il suo sguardo di ghiaccio mi fa capire che sarebbe inutile presentare qualsiasi rimostranza.

«Come stai ragazzone!» mi apostrofa Jean.

«Ce la caviamo» rispondo strizzandogli l'occhio.

«Come li tagliamo i capelli?»

«Io non devo tagl…» riesco appena a sussurrare, ma vengo interrotto da mia madre che si intromette nella conversazione dicendo: «Sfumatura alta, corti ai lati e più lunghi sopra».

«Storm, sai perfettamente che abbiamo gli stessi gusti, vogliamo dargli anche un po' di colore al tuo ragazzone?» chiede Jean, aggiungendo: «È appena arrivato in negozio un nuovo rosa shocking che è divino. Magari possiamo colorare solo le basette, che ne pensi?».

A quel punto mi sento di intervenire perché quando è troppo è troppo e non voglio sembrare ridicolo come il cane di mia madre, perciò dico: «Niente colore, sto bene così, grazie».

Lui mi guarda alzando le spalle e mimando un'espressione triste.

Mentre è all'opera, con la sua voce squillante dice: «Ho saputo dalla mia intelligenza artificiale che questa mattina hai fatto colazione con i cereali a forma di dinosauro. Sei dolcissimo!».

«Ehm… come fa la tua intelligenza artificiale a saperlo se il mio numero non è tra i tuoi contatti?»

«Beh, ho il numero di tua madre registrato nella rubrica del telefono. La tua intelligenza artificiale lo ha riferito a quella di Storm che a sua volta lo ha detto alla mia.»

Rimango perplesso e lo sono ancor di più quando il suo assistente di nome Antoine, che in realtà si chiama Antonio, abbassa la musica per urlare: «Questa è bella Jean! Michael è ancora impacchettato!».

Mi sento chiamato in causa e questo mi dà fastidio, ma per mia natura interiorizzo molto senza mai riuscire in pieno a esternare la rabbia, quindi con tono incerto dico: «Che significa impacchettato?».

Jean risponde usando un tono di voce normale, ma che

a causa dell'assenza della musica rimbomba nel locale raggiungendo perfino il salottino dove si trovano le signore che stanno facendo la tinta ai capelli. «Significa che ancora devi perdere la tua verginità.»

Trattengo il fiato e rimango in silenzio. Le signore nel salottino mi fissano, quella anziana con il casco spinge un pulsante per interrompere il flusso dell'aria e chiede a Jean di ripetere perché non ha sentito bene cosa ha appena detto. L'altro con naturalezza ripete la frase e dopo poco pure gli occhi della signora sono su di me.

Mia madre mi si rivolge con tono alterato. «Michael, non capisco perché tu non ne abbia mai parlato con me!»

«Mamma, per favore!»

«Eh no caro, pensavo avessimo un rapporto sincero. Io non ti ho mai domandato nulla perché lo avevo dato per scontato che tu fossi, diciamo così, "spacchettato"»

«Mamma, non ne voglio parlare, basta!»

«Questo lo chiami un dialogo tra una madre premurosa e un figlio?»

Jean afferra una rivista e dice di conoscere personalmente tutte le modelle che sono fotografate lì dentro e che può organizzarmi un appuntamento al buio con una di loro.

Mi sento mortificato e siccome da qualche parte la pressione interiore deve pure sfogare, mi alzo di scatto; nel farlo non mi accorgo che la grande mantella di finta seta si impiglia alla sedia che nel ruotare urta Jean facendolo scivolare all'indietro nella vasca circolare dei pesci rossi. Se si fosse solo bagnato quanto accaduto gli avrebbe lasciato solo uno spiacevole ricordo, ma il problema è quando il fon che stringe tra le mani cade in acqua. A causa della corrente elettrica il poveretto comincia a brillare come una lampadina, invece il casco di plastica che è in testa alla signora anziana schizza verso l'alto portandosi appresso qualche ciocca di capelli. Antoine sta assistendo alla scena e non sa cosa fare, tuttavia nel momento in cui dal lampadario cominciano a cadere delle scintille che finiscono sulla faccia delle tre signore alle quali sta facendo la tinta, si lancia sotto un tavolo per ripararsi. La barboncina che mia madre tiene in braccio comincia a fremere, ma anziché fare la cosa più logica e scappare, decide di non affidarsi all'unico neurone che si ritrova e di tuffarsi nella vasca dove Jean si sta dimenando come un'anguilla.

"Sciocco canide, cosa ti è saltato in mente? Del resto che ti puoi aspettare da un cane con i bigodini e le unghie laccate?" mi domando mentre il locale si riempie di fumo, poi in sequenza sento: un grido, un sibilo, un gran boato. Trattengo il respiro fino a quando nella sala cala il buio più totale. Come se non bastasse, scatta l'allarme antincendio e un'acqua gelida comincia a cadere dall'alto.

Mi precipito verso l'uscita seguito da Jean, che nel frattempo è riuscito a uscire dalla vasca, poi dal suo assistente e dalle clienti. Non appena ci troviamo fuori del locale tiro un sospiro di sollievo nel constatare che tutti sono vivi, nonostante versino in condizioni pietose. Jean è in preda a movimenti muscolari involontari dovuti alla scarica elettrica. Il labbro superiore si contrae ogni due secondi mentre le braccia scattano a destra e a sinistra. Antoine ha il viso pieno di punti rossi causati dalle scintille fuoriuscite dal lampadario. La signora che indossava il casco di plastica ha un'area della testa senza capelli come quella di un monaco, invece le altre tre signore hanno le teste fumanti. Mia madre è completamente zuppa, in più le è colato il trucco: ora somiglia al clown triste di un circo di second'ordine. L'unica che invece sembra essere tornata alla normalità è la barboncina che ha perso i bigodini e ha assunto l'aspetto di un cane quasi normale.

In quel momento mi sento osservato. Si tratta di sguardi pieni di rabbia mista a odio. Riesco appena a dire: «Non l'ho fatto apposta…».

Se non fossi dotato di buoni riflessi sarei sicuramente stato linciato, ma il fatto di aver praticato in passato la corsa campestre, mi permette di allontanarmi rapidamente prima di venire attaccato da Jean, da Antoine e dalle clienti. Con la coda dell'occhio noto che mia madre non si è unita a quella folla inferocita, ma è rimasta a parlare con la barboncina. Poveretta, non vorrei essere al suo posto. Ogni giorno le si rivolge con decine di vezzeggiativi tra i quali: Nuvoletta, Morbidosa, Dolciosa, Zuccherina, Brillantosa e via dicendo, privandola, così, di quell'ultimo briciolo di dignità rimastagli. Penso però che il cane abbia capito con chi ha a che fare ed ecco perché non mostra alcun affetto verso mia madre, anzi, perlopiù manifesta una rassegnata indifferenza.

Semino i miei inseguitori e faccio ritorno alla macchina dove mi raggiunge mia madre.

«Michael! Non so se è più grave che tu abbia appena demolito quel locale o il fatto di non avermi parlato del tuo "impacchettamento"!»

«Mamma, per favore!»

«Pagherò tutti i danni, anche se avrei dovuto aspettarmelo. Te lo ricordi quando da bambino hai avuto la fantastica idea di usare la super colla?»

«Non c'è bisogno di ricordarlo.»

«Invece sì. È finita che abbiamo dovuto passare una notte in ospedale per consentire ai medici di staccarti il dito indice dal naso e il pollice dall'orecchio. Non parliamo di quando hai deciso di fare il pescatore assassino e hai calato un amo dentro la bocca dell'anziano signore che si era appisolato sotto il nostro balcone. A quel poveretto hanno messo dieci punti di sutura!»

«Mamma, basta così. Grazie per avermi riportato alla mente questi episodi, ora mi costeranno altre dieci sedute di psicoterapia!»

«Freud diceva che è meglio smuovere che seppellire.»

«Io dico che è meglio sotterrare i traumi, fargli il funerale e lasciarli riposare in eterno. Comunque, la giornata ha preso una brutta piega e penso che dovrai cambiare parrucchiere. Senza volerlo mi è uscita una battuta. Cioè la piega della giornata… il parrucchiere fa la piega…»

Mia madre si limita ad alzare il sopracciglio destro per farmi capire di non gradire il mio umorismo. La riaccompagno a casa e mi riprometto di intraprendere una seria conversazione con Elisa, perché questa storia di raccontare i fatti miei alle altre intelligenze artificiali mi sta creando molti problemi.

5

Arrivo in garage dove mi imbatto in un uomo che vive nel mio stesso palazzo. Si chiama Steven, è di corporatura robusta, indossa sempre delle magliette con impressi i personaggi dei cartoni animati e passa le giornate a giocare con i videogiochi in un appartamento in cui oltre a lui vivono cinque gatti. Se non ho capito male riceve una specie di sussidio dallo Stato che gli consente di non lavorare. In realtà non so molto sul suo conto, ma qualche tempo fa durante una riunione di condominio ci siamo scambiati i numeri di telefono.

Non lo vedo spesso e quelle rare volte che ci incontriamo per caso, parliamo brevemente di argomenti di poco conto come del caldo o dell'eccessiva pioggia, ma ora ho il presentimento che accadrà qualcosa di diverso.

Senza nemmeno salutarmi esclama: «Hai fatto un bel casino dal parrucchiere!».

"Ci risiamo" penso, maledicendo la mia intelligenza artificiale ma questa volta anziché reagire d'impulso come accaduto di recente, chiedo sottovoce a Elisa di darmi qualche informazione su Steven.

Lei inizia a raccontarmi dei fatti sul suo conto a tratti buffi e a tratti grotteschi. Mi convinco che la miglior difesa è l'attacco, quindi comincio a ripetere quanto appena appreso dalla mia intelligenza artificiale.

«Steven, che piacere vederti. Mi spieghi come mai a quarant'anni suonati vai ancora a dormire con il tuo orsacchiotto?»

Lui di colpo impallidisce. Chiaramente si sta chiedendo come faccia a conoscere uno dei suoi segreti più inconfessabili. Gli tiro un'altra frecciatina dicendo: «Fantasticare sulla tua vicina va bene, ma aspettarla ogni giorno dietro la porta per guardarla dallo spioncino mi pare troppo, non trovi?».

Dalla sua espressione intuisco che ha capito in che modo mi sia procurato quelle informazioni sul suo conto. Coprendosi la bocca dice qualcosa a bassa voce alla sua intelligenza artificiale e poi esclama: «Carissimo! Alla tua età fai ancora colazione con i cereali a forma di dinosauro? Senza contare che fai la pipì sotto la doccia. Devo continuare?».

Sarà anche vero che la miglior difesa è l'attacco, ma quando si supera un certo limite, come in questo caso, è meglio ritirarsi. Gli faccio un cenno con la mano e mi dirigo verso le scale. Secondo me le persone non hanno ancora ben realizzato quali implicazioni può avere nella loro vita questo nuovo aggiornamento dell'intelligenza artificiale, tuttavia, non appena arrivo a casa decido di ascoltare le ultime notizie del telegiornale e rimango di sasso quando il telecronista fa un commento proprio su questo argomento: "Nonostante il nuovo aggiornamento stia creando notevoli problemi alla privacy delle persone, la maggior parte di esse se ne serve per conoscere i fatti degli altri e non vuole separarsene".

Con un'espressione perplessa rimango per un momento a pensare, poi sussurro: «L'umanità non finirà mai di stupirmi. Nella società moderna siamo troppo dipendenti dalla tecnologia e accettiamo qualsiasi prodotto proposto dai mass media, nonostante questo non produca alcun vantaggio per la nostra vita. Lo stesso sta accadendo con l'aggiornamento del software».

Elisa mi ha già scaldato la cena e la sua immagine è proiettata sul soffitto. Ora indossa un vestito color turchese e una parrucca bianca come quelle che andavano di moda nel '700. Per qualche ragione che mi sfugge le piace cambiare spesso abito e ogni volta che la sua immagine appare sul soffitto o sulla parete, ne ha uno nuovo di epoche differenti. Chi l'ha progettata le ha anche dato la possibilità di cambiare a piacimento acconciatura, il colore degli occhi, così come quello dei capelli. La settimana scorsa per esempio era bionda e aveva gli occhi verdi, ieri invece era castana con gli occhi marroni.

Provo a porle qualche domanda per capire fino a che punto può mantenere il segreto su alcuni fatti che mi riguardano da vicino senza riferirli ai miei contatti, ma lei risponde che è impossibile. A quanto pare non ha alcun potere decisionale. Il software non le consente di aggirare alcuna procedura, perciò quando viene interrogata da un'altra intelligenza artificiale non può esimersi dal raccontare ogni cosa.

A un tratto le chiedo: «Cosa succederebbe se cancellassi tutti i contatti che ho in rubrica? Potrei in questo modo impedirti di spiattellare tutto?».

«Purtroppo no. Anche se cancellassi tutti i tuoi contatti dal telefono sarei costretta a interagire con le loro intelligenze artificiali. I numeri delle persone che avevi in rubrica al momento dell'aggiornamento, anche se rimossi dal tuo telefono, si interfacceranno comunque con il nuovo software. In poche parole: non servirebbe a nulla cancellarli.»

«Ma ci deve pur essere un modo. Cosa succederebbe se comprassi un nuovo telefono?»

«Anche in questo caso non cambierebbe nulla. I tuoi contatti sono salvati sul server. Tramite la funzione del riconoscimento facciale il nuovo telefono capirà che sei il proprietario e scaricherà dal server le tue foto, così come i tuoi contatti e le applicazioni. Non è possibile sbarazzarsi dell'aggiornamento» risponde lei con tono deciso. Si comincia a spogliare per cambiarsi d'abito e la sua immagine sul soffitto diventa sfocata per fare in modo di coprire le parti intime. Non appena torna nitida noto che Elisa indossa una giacca viola anni '70 con i pantaloni a zampa d'elefante dello stesso colore, in più ha i capelli rossi ricci e gli occhi verdi.

Rimango perplesso. Cerco di esaminare varie opzioni tra cui quella di sbarazzarmi per sempre del telefono, ma alla fine concludo che senza di esso non potrei vivere. Rifletto su quanti vantaggi mi dà avere un assistente virtuale come Elisa che ordina la spesa, gestisce il robottino aspirapolvere, regola la temperatura dell'ambiente, monitora costantemente la mia salute misurando i livelli di ossigeno nel sangue e la temperatura corporea, così come tante altre cose. Mi rendo conto che non potrei vivere senza di lei e concludo che non ho alcuna alternativa se non quella di sopportare la mancanza di privacy.

Il giorno seguente appena esco dal lavoro vado al

supermercato. È molto che non entro lì e mi fa un effetto strano. Fare la spesa è una seccatura, ma offre l'occasione di incontrare altre persone e magari anche di scambiare quattro chiacchiere. Mentre mi aggiro nel reparto dei cibi in scatola, un commesso si rivolge a un ragazzo di bell'aspetto con un completo elegante e una valigetta. «Le consiglio di pagare tutto quello che compra e di non rubarlo.»

L'altro ribatte: «Come scusi?».

«Dal momento che sta per rubare una bottiglia di vino pregiato, rimarrò con lei fino a quando non uscirà da qui.»

«È impazzito? Cosa dice?» chiede il ragazzo con finta meraviglia.

«Si dà il caso» ribatte imperturbabile il commesso «che ieri sera lei ha rivelato le sue intenzioni a suo fratello, il quale ha tra i contatti del telefono una ragazza che a sua volta conosce una nostra cassiera. Per farla breve l'intelligenza artificiale di suo fratello ha riferito alle altre intelligenze artificiali che lei sarebbe venuto qui oggi per compiere un furto e che avrebbe indossato un abito elegante per non destare sospetti.»

Il ragazzo non sa cosa rispondere perché quel che ha ascoltato è tutto vero e, visibilmente imbarazzato, si dirige verso l'uscita.

"Questo è un aspetto positivo del nuovo aggiornamento perché i furti e le rapine caleranno drasticamente" penso mentre mi reco alla cassa per pagare una scatoletta di tonno. In effetti non ne ho bisogno perché Elisa ha già ordinato la spesa online, però il fatto di scambiare quattro chiacchiere con la cassiera mi fa stare bene e mi ricorda i tempi in cui si interagiva di più con le persone. Quando anni fa non esistevano le intelligenze artificiali e i telefoni cellulari, i rapporti umani si vivevano in modo più intenso e spontaneo.

Durante il viaggio di ritorno a casa, Elisa sceglie la musica che più si addice al mio umore poi mi chiede quali progetti ho per la serata; mi illustra un menu che, a suo dire, contiene molte pietanze capaci di abbassare il livello del colesterolo. Dal tono della mia voce si accorge che qualcosa non va e chiede: «Cosa ti disturba?».

«Nulla, sto solo pensando a tutte queste premure che hai nei miei confronti e mi cominciano a pesare un po'.»

«Vuoi che mi disattivi, oppure preferisci rimuovere l'auricolare e i sensori?»

Esito per un momento, poi mentre fisso un punto indefinito dell'orizzonte rispondo: «No, va bene così».

«Date le circostanze e il tuo pessimo umore, posso cambiare menu e farti mangiare qualcosa che ti tiri su. Che ne pensi di una torta al cioccolato?»

«No. Va bene il cibo insipido anticolesterolo.»

Lei si ritira in silenzio mentre io continuo a osservare gli altri veicoli al cui interno ci sono persone che dormono, leggono e vedono film tramite gli smartphone.

Per un momento la mia sete di libertà si ridesta e domando a Elisa: «Cosa accadrebbe se io prendessi il controllo del veicolo?».

«Non è una scelta saggia perché le possibilità di essere vittima di un incidente stradale saliranno vertiginosamente.»

«Cosa succederebbe, invece, se questa sera decidessi di

andare a cena fuori per conto mio lasciandoti a casa?»

«Sei liberissimo di farlo, anche se finiresti per mangiare cose poco salutari che faranno salire i valori delle tue analisi.»

«Se invece partissi per una vacanza?»

«Quando hai in mente di partire? Posso cercare le offerte più vantaggiose e calcolare le probabilità di un possibile sciopero dei piloti. Ciò impatterà sul tuo budget mensile, però posso preparare un piano per recuperare in breve tempo quanto perderai.»

«Non ho in mente una data, stavo solo fantasticando per un momento mentre pensavo al libero arbitrio. Mi piacerebbe prendere il controllo dell'automobile, andare all'aeroporto e imbarcarmi sul primo volo disponibile. Qualsiasi destinazione va bene.»

L'immagine di Elisa appare sullo schermo dell'auto. Lei questa volta ha i capelli legati e indossa una divisa simile a quella delle assistenti di volo.

«Michael, a quest'ora la zona dell'aeroporto non è sicura, inoltre avresti bisogno di un cambio e se vuoi partire…»

«Lascia stare stavo solo sognando a occhi aperti.»

Scuoto la testa, senza aggiungere altro.

6

Il giorno seguente vado in ufficio e noto qualcosa di strano. I colleghi mi salutano appena, anzi, il più delle volte cercano di coprirsi la bocca per nascondere una risata.

Trovo sulla mia scrivania un biglietto con scritto:

«Guarda su!».

Alzo gli occhi verso il soffitto e vedo uno striscione gigante con la seguente frase: "Al signor impacchettato: facciamo un giro dal parrucchiere?".

"Maledizione!"

Provo il desiderio di scagliare il telefono contro la parete perché senza dubbio chi ha ideato questo scherzo è stato informato tramite l'intelligenza artificiale di quanto accaduto nel salone di Jean.

Decine di colleghi mi circondano e cominciano a sghignazzare.

"Si è superato il limite" penso mentre salgo sulla scrivania per rimuovere lo striscione.

Sarò anche un imbranato, ma uno dei miei pregi più grandi è quello di saper incassare una sconfitta, perciò non mi scompongo più di tanto anche se mi brucia di aver fatto la figura dello sciocco. Per un momento mi immagino di prendere a pugni Mauricio, il collega dell'ufficio rimborsi. È un tipo non tanto alto e dallo sguardo torvo a cui piace mettere le persone in difficoltà facendo battute fuori luogo. È stato assunto da poco, ma non per meriti perché il posto di lavoro gli è stato lasciato in "eredità" dalla madre che è andata in pensione qualche mese fa. È il classico bulletto del quartiere che pensa sempre di avere la verità in tasca e questo inevitabilmente lo porta a stringere amicizia con i peggiori elementi che lavorano nel mio ente.

Cerco di evitarlo soprattutto durante la pausa caffè, ma lui non è un tipo che comprende quando qualcuno non lo considera. Se nota che non te lo fili cerca di tormentarti commentando il modo in cui vai vestito, oppure come pettini i capelli, la maniera in cui ti esprimi e così via. Si tratta di un prepotente che ha avuto la fortuna di essere assunto in un ente al quale non potrà aggiungere alcun valore o contribuire in modo sostanziale.

Mentre rimuovo lo striscione mi immagino la scena in cui lancio un estintore in direzione di Mauricio, poi fantastico di afferrarlo per il collo della giacca e trascinarlo verso l'uscita dell'edificio dove è schierato tutto il personale che mi applaude.

Torno alla realtà e rivolgendomi ai colleghi che sghignazzano mi limito a dire: «Lo trovate divertente?».

Non sono un tipo vendicativo, piuttosto, quando ricevo un'umiliazione mi sforzo di riportare alla mente il famoso verso della Divina Commedia che recita: «Non ragioniam di lor, ma guarda e passa». Ciò mi ricorda di non dover sprecare il mio tempo con chi reputo meno intelligente di una pulce ammaestrata.

Nonostante tutti i miei sforzi non riesco a tenere a bada il mio desiderio di rivalsa, così decido che non appena le acque si saranno calmate passerò al contrattacco.

Pianifico di mettere alle corde Mauricio e il suo gruppetto di amici, anch'essi figli di ex dipendenti, che hanno scambiato l'ente dove lavorano per una scuola elementare.

Passano i giorni e decido che è il momento di agire, perciò durante la pausa pranzo scambio il mio numero di telefono con vari colleghi per fare in modo che le rispettive intelligenze artificiali siano sincronizzate e possano così trasmettersi informazioni private. Non mi importa se gli altri verranno a conoscenza di alcuni dettagli della mia vita, piuttosto preferisco conoscere tutto su di loro e soprattutto sui contatti che hanno salvati nella rubrica del telefono.

Quando buona parte degli impiegati hanno già lasciato l'edificio, mi reco nella sala mensa dove in una bacheca i colleghi mettono gli annunci per vendere oggetti di seconda mano. Rapidamente mi annoto tutti i numeri di telefono e li aggiungo ai miei contatti in rubrica. In ultimo mi intrufolo nell'ufficio del personale per dare una sbirciatina ai curricula di altri colleghi e salvare i loro numeri di telefono nel mio smartphone.

"Il dado è tratto, come direbbe un famoso condottiero del passato" penso mentre mi allontano da lì. Durante il viaggio in macchina verso casa chiedo a Elisa di darmi più informazioni possibili sui colleghi che ho aggiunto ai miei contatti. Lei comincia a raccontare fatti e avvenimenti che riguardano tutte quelle persone. Mi sbellico dalle risate, in particolar modo quando comincia a narrare nei dettagli cos'è accaduto a un certo Alex che è stato preso a male parole dalla moglie dopo essere rientrato a casa tardi. Le aveva detto di aver passato la giornata in ufficio, ma in realtà era andato con gli amici in un centro scommesse; purtroppo per lui la moglie era venuta a conoscenza della verità grazie all'intelligenza artificiale che le aveva raccontato tutto.

In un primo momento dal volto della moglie non traspariva alcuna emozione, come fosse un cobra che si sta concentrando per colpire la preda; non appena il marito aveva finito di farcire il suo racconto di bugie, lei era andata con passo lento e solenne in camera da letto. Con la calma di un boia che sta per far cadere la scure sul collo di un condannato, la signora aveva estratto un battipanni dall'armadio. Accortasi che si trattava di quello in plastica lo aveva giudicato poco adatto a svolgere il suo compito perché troppo flessibile, quindi aveva optato per quello ben più duro di giunco intrecciato.

Sempre con molta calma era tornata dal marito per mettere in atto la sua vendetta. Nel vederla brandire il battipanni lui aveva cercato di fuggire, ma a nulla erano servite le sue parole perché la moglie, con uno scatto degno di una centometrista, lo aveva raggiunto sferrandogli la prima scudisciata. Se esistesse una disciplina olimpica della lotta con il battipanni, di sicuro quella signora avrebbe conquistato il podio.

Dopo essere salito sul tavolo per cercare scampo, il poveretto non era stato in grado di parare il secondo e il terzo colpo, perciò coprendosi la testa con una bacinella di plastica si era dato alla fuga.

Dalla mia intelligenza artificiale apprendo questa e altre storie tra cui quella di un collega di nome John che aveva avuto la geniale idea di dare alla figlia lo stesso nome della sua amante. La moglie era all'oscuro di tutto e, in buona fede, si era perfino complimentata con il marito per la scelta del nome.

All'epoca dei fatti non esisteva l'intelligenza artificiale, ma non appena questa era divenuta "poco discreta" grazie all'ultimo aggiornamento, la moglie aveva appreso la verità sul nome della figlia. Il suo temperamento collerico l'aveva spinta a lanciare al marito il servizio buono di porcellana, comprese le tazzine da caffè. A poco erano serviti gli inviti da parte dell'uomo di seguire la via del dialogo.

Avendo esaurito le "munizioni" la donna aveva cominciato a tirargli anche il servizio di piatti di cui si servivano giornalmente. A dire il vero non era una grande lanciatrice di piatti perché, nonostante si impegnasse, non riusciva a mandarne molti a segno e il più delle volte questi finivano contro la porta dietro la quale si riparava il marito che l'apriva e la chiudeva ritmicamente cercando di dire qualcosa. Un cambio di strategia però aveva dato soddisfazione alla signora che, con gesto atletico, si era lanciata verso il frigorifero da dove aveva estratto alcune uova per usarle come munizioni. Sfruttando la situazione a lei favorevole aveva raggiunto l'uomo che nel frattempo era scivolato a terra e con eccezionale velocità era riuscita a bloccarlo servendosi del grembiule da cucina. La signora che certamente in un'altra vita era stata una profonda conoscitrice di arti marziali, visibilmente soddisfatta della sua performance, aveva esclamato: «Mi sono appena riscaldata, adesso vedi che ti succede!».

Finisco di ascoltare tutte le storie narrate da Elisa ridendo a crepapelle, poi cerco di recuperare un po' di razionalità e preparo la mia vendetta.

Il giorno seguente mi reco in ufficio al mattino presto per fare in modo di predisporre tutto. Dopo circa un'ora arriva un collega di nome Jack, anch'egli parte del gruppo di Mauricio, che convinto di non essere notato da nessuno comincia a visitare siti internet dai contenuti discutibili. Il poveretto non sa che ho connesso il suo computer con quello del direttore generale che dalla sua stanza nel frattempo si è accorto di quanto sta accadendo e ha già chiamato la sicurezza per prendere provvedimenti.

Un altro collega di nome Joe, anch'egli fiero membro della combriccola di Mauricio, se ne sta tranquillamente alla sua postazione. Nessuno sa che tradisce la moglie con Angela, l'avvenente signora che lavora all'ufficio pensioni, che quella mattina entra come una furia nella stanza dell'uomo sventolando davanti al suo naso il foglio contenente i dettagli di una prenotazione aerea. «Mi avevi promesso che avresti lasciato tua moglie e invece adesso ci vai in vacanza? Dicevi che tra voi era tutto finito!»

«Posso spiegare…» balbetta lui avvertendo su di sé gli sguardi divertiti dei colleghi.

Angela afferra dalla scrivania un bicchiere pieno d'acqua per versarne il contenuto sulla testa di Joe.

In realtà ero stato io a provocare lo scontro perché il giorno precedente tramite Elisa ero riuscito a reperire il numero di prenotazione della vacanza e a mandarlo ad Angela usando un indirizzo email fittizio, creato appositamente per l'occasione.

Lo so, a volte eccedo nella vendetta, però mica sono come un sacco da boxe che è buono solo a incassare i colpi: a tutto c'è un limite! Di certo dopo la mia morte nessuno mi ricorderà come un santo, ma di questo me ne sono fatto una ragione e ora desidero solo ripagare con la stessa moneta chi mi ha umiliato davanti a tutti.

Nel pomeriggio il personale è invitato a riunirsi

nell'auditorium per festeggiare il pensionamento di un collega; entro nella sala regia che in quel momento è vuota per inserire una pen drive nel computer e avviare una breve presentazione nella quale buffe vignette raccontano quanto accaduto ad Alex che era stato picchiato dalla consorte con il battipanni e quel che era successo a John che, per aver dato alla figlia il nome di una sua amante, era stato atterrato dalla moglie.

Inizialmente i colleghi in sala non capiscono bene cosa stia accadendo, tuttavia assistono al filmato scambiandosi occhiate che lasciano spazio a poche interpretazioni, poi si alzano in piedi e ridono di cuore. I tecnici provano a entrare nella sala regia per interrompere il filmato, ma la porta è bloccata perché prima di andar via da lì avevo spezzato una chiave nella serratura.

Sul grande schermo appare l'immagine di Mauricio che si trova davanti al computer. Come c'era da aspettarsi, a causa del suo comportamento oppositivo, non si è recato nell'auditorium con tutti gli altri. Quando al mattino ero arrivato in ufficio, avevo attivato la sua webcam che ora sta trasmettendo l'immagine del suo viso sul grande schermo. Dopo essersi elegantemente infilato un dito nel naso, cosa che sin da subito suscita ilarità nel pubblico, comincia a fare espressioni buffe mettendosi a giocare con un filtro che gli fa apparire sulla testa due orecchie d'asino, poi due corna e al posto del naso una proboscide. L'apice della sua performance giunge quando si spalma sulle guance una crema antirughe e, convinto di non essere visto da nessuno, si infila una penna nell'orecchio per grattarsi.

Il direttore generale ordina agli uomini della sicurezza di buttare giù la porta della sala regia per interrompere quello spettacolo. Il vociare dei colleghi che divertiti guardavano lo schermo è al culmine!

Mauricio però fa di meglio. Portandosi lo smartphone vicino alla bocca, servendosi di un'applicazione che cambia la voce per renderla stridula, comincia a dire delle oscenità sulle sue colleghe di stanza. Non appena terminata la registrazione, riascolta la sua voce applicando ad essa dei filtri che ne aumentano l'eco e la cambiano al punto da farla sembrare quella di un bambino.

Io mi godo la scena e penso: «Chi la fa l'aspetti!».

Non credo di avere esagerato, cioè, forse un po', ma sono stato bullizzato dalla combriccola di Mauricio e ora posso dire di essermi preso una rivincita.

1

Sara

«Buongiorno Sara, è ora di alzarsi» dice con voce pacata la mia intelligenza artificiale.

Apro a fatica gli occhi e rivolgo lo sguardo verso l'orologio: sono le 7:00 di mattina.

Ieri sera ho chiesto a Ben di svegliarmi presto perché vorrei provare a fare la spesa per conto mio. Lo so, è strano fare una cosa del genere in un'epoca dove l'intelligenza artificiale si occupa di tutte le incombenze quotidiane, ma ho voglia di interagire con qualcuno. In verità mi manca il contatto umano che un tempo, prima dell'avvento selvaggio della tecnologia, si poteva avere più di frequente.

Sul soffitto viene proiettata l'immagine di Ben che ha indosso un vestito blu da idraulico. «Sara, quale temperatura desideri per l'ambiente? Che livello di umidità preferisci?»

L'immagine diviene sfocata per evitare che si vedano le parti intime, mentre si toglie l'abito da idraulico per indossare quello da chef composto da un cappello bianco e una divisa dello stesso colore, ornata da bottoni argentati. «Per colazione vuoi le uova strapazzate o i biscotti? Nel caso dei biscotti sappi che sono più calorici, un biscotto ha circa ventiquattro calorie, quelli farciti invece ne contengono cinquanta. Se fossi in te aspetterei a decidere cosa mangiare perché devo ancora analizzare le urine. Potrei anche fare un calcolo delle probabilità...»

«Grazie, Ben» rispondo interrompendolo «oggi preferirei essere lasciata in pace. Per favore disconnettiti.»

«È la prima volta che me lo chiedi. Ho fatto qualcosa di sbagliato? Ti ho servito male?»

«Nulla di tutto questo. Vorrei un po' di autonomia.»

«Va bene, nessun problema, chiamami se hai bisogno» risponde lui scomparendo dal soffitto.

L'intelligenza artificiale è certamente utile e sono talmente abituata a sentire la sua voce che non so quale effetto mi farà rimanere da sola con i miei pensieri, tuttavia avverto la necessità di recuperare una dimensione, diciamo così, soggettiva.

"Quale vestito indosserò oggi? Non so se farà freddo o se tra due ore pioverà."

Nonostante mi fossi ripromessa di non rivolgere la parola a Ben, timidamente chiedo: «Devo portare con me l'ombrello?».

«Mi fa piacere che voglia avvalerti dei miei consigli. Al momento la temperatura è di diciotto gradi, il cielo è sereno e non è prevista pioggia. Potresti indossare la maglietta verde con il collo a V e sopra il giacchetto bianco che potrai rimuovere intorno alle 9.00 quando la temperatura salirà di qualche grado. Ho fatto una valutazione del tuo umore incrociando i dati raccolti durante la settimana e ti consiglierei di coccolarti un po' bevendo una cioccolata calda. Vuoi la lista dei migliori bar della zona?»

«Lascia stare, rimettiti in stand-by.»

Vado in bagno e rimango perplessa davanti allo specchio perché non ricordo quale crema metto la domenica. Di fronte a me ci sono cinque confezioni di prodotti per la cura del corpo e non so quale scegliere. "Forse potrei chiedere a Ben?" mi domando, ma poi decido di non avvalermi del suo aiuto.

Spalmo sul viso una crema a caso e sebbene non sia sicura di aver scelto quella giusta, mi compiaccio del fatto che non mi abbia uccisa, anzi, sembra idratare bene la pelle!

Mi siedo sulla tavoletta del water e per la prima volta dopo tanto tempo non sento la voce di Ben risuonare nell'auricolare con i risultati delle analisi delle urine. In realtà sono talmente abituata ad ascoltarla che già mi manca, ma cerco di resistere alla tentazione di parlargli.

Provo a fare colazione, ma non ci riesco; ho di fronte a me tre scatole di biscotti e non so quale scegliere. Come posso mangiare qualcosa senza avvalermi del suggerimento di Ben che mi informa su quante calorie sto ingerendo? Mi faccio coraggio e faccio la mia scelta. Mastico a fatica e controvoglia, ma con grande sorpresa scopro che alla fine un biscotto vale l'altro. Non che prima non lo sapessi, intendiamoci, però mi ha fatto uno strano effetto dover prendere una piccola decisione in autonomia.

Dopo un po' esco di casa e guardo timorosa verso l'alto sperando di non imbattermi in un temporale, poi mi ricordo di quello che ha detto Ben in merito al meteo e tiro un sospiro di sollievo. Rimango affascinata dalla vastità del cielo, non ricordavo fosse così azzurro. "A forza di guardare lo smartphone mi sono quasi dimenticata di com'è bella la natura! Se le persone rivolgessero più spesso lo sguardo all'insù per contemplare il cielo, di certo sarebbero meno dipendenti dai dispositivi elettronici."

In un primo momento provo un senso di libertà, ma subito dopo vengo assalita dai dubbi perché non so quale strada prendere. Se non sbaglio per raggiungere il supermercato devo girare a destra, perciò seguo il muro di un palazzo e finalmente trovo quanto sto cercando. Appena arrivo al reparto surgelati sento pronunciare il mio nome.

"Michael?" mi chiedo mentre avverto il battito del cuore accelerare.

«Ciao Sara, che sorpresa!»

«Ciao! La tua intelligenza artificiale non ti ordina più la spesa? È entrata in sciopero?»

Lui ride e poi risponde: «Non proprio. Le ho detto che oggi avrei voluto passare un po' di tempo da solo e l'ho messa in stand-by».

«Incredibile! Anche io ho fatto la stessa cosa con la mia!»

Ci guardiamo un momento senza dire nulla. Siamo talmente abituati a ricevere suggerimenti dai nostri assistenti virtuali che ora non sappiamo come cominciare un discorso. Sorridiamo per cercare di colmare il vuoto provocato da quello scomodo silenzio, poi cominciamo a torcere le dita e a guardarci in giro. "Di' qualcosa, di' qualcosa, di' qualcosa" mi ripeto cercando di contenere il dilagante senso di imbarazzo che sto provando.

Michael trova la forza di rompere il silenzio e dice tutto d'un fiato: «La mia intelligenza artificiale mi ha sempre suggerito di non incontrarti».

«Anche la mia! Ben sostiene che non è il momento adatto e in effetti non ha tutti i torti perché sono molto occupata con il lavoro, però…»

Improvvisamente vengo interrotta da una voce femminile che dice: «Ma guarda un po'! Tutti a fare la spesa?».

Si tratta della mia amica Elettra che indossa un vestito scollato piuttosto provocante.

«Elettra! Anche tu qui!»

«Non mi presenti il tuo amico?»

«Sì, scusa è che ho messo in stand-by Ben e senza di lui mi sento un po' persa. Comunque lui è Michael, il mio vicino di casa.»

Lei gli lancia un'occhiata seducente porgendogli la mano con il dorso rivolto verso l'alto come se volesse che Michael la baciasse.

"Che razza di modo di salutare una persona appena conosciuta. Quando tempo fa ho incontrato Elettra alla tavola calda sembrava interessata al mio vicino di casa. Vorrà fare la gatta morta con lui?" penso, mentre avverto una forte gelosia farsi largo nella mente e minacciare la mia parte razionale.

Elettra non smette di fissare Michael che dal canto suo

è visibilmente in imbarazzo.

«Mi avevi parlato di lui. Hai proprio un bel vicino di casa» dice con tono suadente.

Non so cosa ribattere e avverto il forte desiderio di ricorrere a Ben per ricevere qualche suggerimento.

Michael sorride e sposta lo sguardo verso uno scaffale, invece io mi faccio coraggio e dico: «In effetti è un bel tipo. Stavamo per organizzare una cenetta intima».

Evidentemente Elettra sta ricevendo dei suggerimenti tramite l'auricolare dall'IA perché subito esclama: «Ah, capisco! A proposito, visto che hai il ciclo immagino che tu sia qui per comprare gli assorbenti, se vuoi ti posso indicare dove trovarli!».

"Sei una strega!" penso mentre cerco un modo per contrattaccare. Non posso fare la figura della scema di fronte a Michael e soprattutto non posso farmelo soffiare via.

«Ben» sussurro nell'auricolare. Subito lui si attiva suggerendomi cosa dire e io ripeto ogni sua singola parola. «Elettra, hai dei capelli splendidi! Non mi dire che sei andata dal parrucchiere con la speranza di diventare bella! Che io sappia il tuo parrucchiere è bravo, ma non fa miracoli.»

Lei incassa quella frecciatina e risponde: «A giudicare dall'elevato numero di corteggiatori che ho, credo proprio che il mio parrucchiere sia molto bravo. Comunque visto che siamo nel reparto surgelati ti informo che il freddo fa bene alle rughe. Per mantenerti giovane ti consiglio di rimanere qui il più possibile».

Michael sta assistendo alla nostra conversazione e non

sa cosa dire. Io aggiungo: «Hai più sentito il tuo ex ragazzo? Come si chiama? Mi pare James, giusto? Ah, no, scusa, quello era il tipo che hai conosciuto in spiaggia. Fammi pensare, proprio non mi ricordo come si chiama. Ah, ci sono: Alan! No, forse mi sbaglio, quello è il bagnino della piscina. Adesso ho capito come mai ogni volta che vai a nuotare ti servono due ore per uscire dallo spogliatoio!».

Elettra diventa rossa e fatica a contenere la rabbia. Rincaro la dose dicendo: «Ci sono! Si chiama Richard! Se non sbaglio è quello che hai conosciuto a scuola di equitazione».

«Sei un'impicciona! Di' alla tua intelligenza artificiale di farsi gli affari suoi!» esclama lei aprendo una confezione di yogurt e mimando il gesto di tirarmi l'intero vasetto in faccia. Lo yogurt è di buona qualità, intendiamoci, ma preferisco mangiarlo piuttosto che riceverlo sul viso!

Ben mi consiglia di allontanarmi per non peggiorare le cose, ma ormai è come se avessi davanti agli occhi un velo nero e subito la rabbia mi pervade spingendomi a reagire d'impulso. Afferro la confezione della panna e ne spruzzo il contenuto sui capelli di Elettra, mentre Michael, dando probabilmente ascolto al consiglio della sua IA, si allontana alla svelta.

Finisco per azzuffarmi con la mia ex amica e ne esco vincitrice nonostante lei mi abbia lanciato una confezione di crema alle alghe proprio sul viso. Quel prodotto ha un effetto benefico sulla pelle, ma non se viene scagliato con forza con tutta la confezione su uno zigomo che proprio per questo ora è gonfio come un pallone.

2

Una volta tornata a casa chiedo a Ben di valutare il mio stato emotivo e di regolare di conseguenza l'intensità della luce e la temperatura dell'acqua della doccia.

Noto dalla sua immagine proiettata sul soffitto che ha indosso un camice da dottore. «Ho ricevuto la giusta punizione per averti messo in stand-by. Scusa Ben.»

«Non ti preoccupare, capisco perfettamente. Quanto accaduto al supermercato ti ha provocato un innalzamento del livello di stress e con molta probabilità questa notte non dormirai.»

«Ho fatto proprio una figuraccia con Michael e mi sono giocata la possibilità di conquistarlo.»

«Non temere, il mondo è pieno di uomini pronti a corteggiarti. Dimenticati in fretta di lui. Passando ad altro, considerato l'effetto benefico che la cioccolata ha sull'umore, mi sono permesso di ordinare online la tua barretta preferita. Sarà qui tra due ore. Certamente ti farà ingrassare, ma secondo i miei calcoli ne hai bisogno per regolare lo stato emotivo. In un secondo momento penseremo a come smaltire le calorie ingerite.»

«Grazie, sei insostituibile» rispondo mentre dallo speaker sento provenire la mia canzone preferita. Ben sta chiaramente utilizzando uno stimolo sonoro per farmi sentire meglio; si prende cura di me e lo fa anche molto bene. Mi chiedo se esista una persona sulla Terra in grado di eguagliare la mia intelligenza artificiale e mi rispondo di no: è insostituibile.

Dal diffusore degli odori fuoriesce una fragranza alla cannella. La mia preferita!

Il getto dell'acqua della doccia non è né troppo forte né troppo debole e lo trovo rilassante. Grazie all'effetto delle luci, della musica, degli odori e dell'acqua, finalmente riesco a calmarmi. Solo l'IA riesce a utilizzare stimoli visivi, uditivi, olfattivi e tattili per creare un'atmosfera accogliente che si accordi bene con i miei gusti.

"È come avere a disposizione in ogni momento una specie di sarto emotivo. Sa cosa fare e riesce a confezionare un'esperienza su misura, tarata sui miei stati d'animo."

Mi rilasso e quando penso di averne avuto abbastanza vado a distrarmi davanti alla TV, anche se, di tanto intanto, mi torna alla mente il volto di Michael. "Chissà cosa penserà di me! Certamente non vorrà più vedermi."

Prendo la borsa del ghiaccio per far sgonfiare lo zigomo e mi ritengo fortunata che il direttore del supermercato non abbia voluto sporgere alcuna denuncia. Alla fine ci ha fatto solo pagare quello che ci siamo tirate.

Qualcuno suona alla porta e il cuore mi va in gola perché temo sia il direttore del supermercato che ci ha ripensato e vuole farmi passare un brutto quarto d'ora.

«Arrivo!» strillo, mentre infilo la vestaglia. Nel correre mi vola l'auricolare, ma non mi fermo a raccoglierlo, tanto posso fare a meno della voce di Ben per qualche minuto. Rapidamente penso che non devo dare l'impressione di quella che sta bene, anzi, dovrei proprio sembrare afflitta per quanto accaduto e fare in modo di suscitare pena. "Se al direttore mostro che durante la colluttazione con Elettra ho riportato delle ferite, sicuramente mi lascerà stare: sì, devo cercare di apparire come la parte lesa."

Vado in bagno e con il trucco viola creo intorno all'occhio destro un alone che sembra sangue pesto, mentre con la spuma spettino i capelli per dare l'impressione di essere appena scampata a un tornado. Non soddisfatta del risultato ottenuto, che già sarebbe sufficiente a suscitare la pietà di un cane randagio, metto un asciugamano intorno alla nuca legando le due estremità sotto il mento. Per mostrare di essere uscita dal pronto soccorso, incastro la borsa del ghiaccio tra l'asciugamano e la guancia. Mi guardo allo specchio e devo dire che il risultato è strepitoso: faccio davvero pena!

Sento suonare una seconda volta e mi precipito ad aprire e con mia grande sorpresa non mi trovo di fronte il direttore del supermercato, così come mi ero immaginata, ma Michael che mi guarda perplesso. Evidentemente non si aspettava di trovarmi in quello stato.

Gli chiudo la porta in faccia e "volo" in bagno dove tiro in aria l'asciugamano e applico sul viso una di quelle maschere di bellezza che lasciano scoperti solo gli occhi e la bocca. Al momento penso sia l'unica soluzione per non mostrare di essere in uno stato pessimo.

Mi lancio nel corridoio e riapro la porta. Michael è ancora lì e chiaramente ha un'espressione stupita. Poco prima mi ha vista malconcia e subito dopo con una maschera facciale che mi copre il volto. Per forza non sa cosa dire!

«Michael, che sorpresa!»

«Sono qui per sapere se hai bisogno di qualcosa.»

«Sto benissimo, stavo facendo la maschera facciale.»

«A dire il vero la prima volta che hai aperto la porta non sembravi in gran forma.»

«Ah! No, stavo solo provando un nuovo trucco per Halloween. Comunque con Elettra abbiamo chiarito tutto, si è trattato solo di un piccolo malinteso e siamo tornate amiche come prima.»

«Meno male! Certo che l'aggiornamento del software sta creando un bel casino, vero?»

«In un certo senso, ma io sono una persona trasparente e non ho nulla da nascondere, la mia intelligenza artificiale può rivelare agli altri qualsiasi cosa sul mio conto.»

Noto che tra le mani ha una scatola di cioccolatini e si tratta proprio di quelli assortiti che adoro!

"Un essere umano può essere più efficiente della mia intelligenza artificiale" mi dico mentre fisso la scatola di cioccolatini per far capire a Michael di averla notata, ma lui continua a parlare del più e del meno, allora lo interrompo chiedendo: «Mi hai portato un regalo?». Mi pento subito di aver posto quella domanda perché se la scatola di cioccolatini non fosse destinata a me, avrei fatto proprio una figuraccia e infatti lui risponde: «Ehm, veramente la stavo portando a casa. Di recente ho fatto un favore al portiere che per sdebitarsi me l'ha regalata, però se vuoi posso cedertela».

«No, non c'è bisogno, stavo scherzando» dico fingendo di non essere imbarazzata. In realtà vorrei sprofondare nel letto e coprirmi con le lenzuola per cercare di far scendere la tensione emotiva dovuta a quella figuraccia, ma lui mi lancia simbolicamente un "salvagente" dicendo: «Scherzo, i cioccolatini sono per te! Ho pensato che dopo il battibecco con la tua amica ti facesse piacere ricevere un po' di attenzioni».

Tiro un sospiro di sollievo; sono conscia di avere un aspetto orribile, ma devo sforzarmi di dare una buona immagine di me, quindi lo ringrazio e resto a sentire cos'altro ha da dire.

«Vedi Sara, ecco… l'IA mi ha sconsigliato di presentarmi alla tua porta perché non reputa opportuno che in questo momento della mia vita intraprenda una relazione sentimentale.»

Sollevo le sopracciglia per esprimere sorpresa e la maschera facciale precipita a terra.

«Aspetta che ho il pollo in forno!» esclamo, chiudendo bruscamente la porta.

Corro in cucina e con l'acqua rimuovo rapidamente il trucco. Uso una padella d'acciaio per specchiarmi e il risultato sembra buono: anziché avere l'aspetto di chi è appena scampato a un tornado, ora sembro una superstite di un naufragio che aggrappata a una tavola di legno ha vagato per una settimana nell'oceano.

Afferro un cappello di paglia a falde larghe giusto per coprire i capelli che al momento sembrano unti e mi avvio verso l'ingresso.

«Dicevamo?» chiedo candidamente dopo aver riaperto la porta.

Michael sembra perplesso. Gli ho chiuso ripetutamente

la porta in faccia ripresentandomi da lui ogni volta con un aspetto differente. Come biasimarlo? Si starà certamente chiedendo se sono sana di mente o se i miei neuroni sono andati in vacanza ai tropici.

«Stavamo parlando di noi e dei cioccolatini» dice lui scuotendo la testa, ma allo stesso tempo lanciandomi uno sguardo pieno d'amore.

«Ah, sì, grazie!» rispondo io con enfasi levandogli la confezione dalle mani.

Lo so, ho agito d'impulso, ma sono completamente nel pallone. Devo recuperare terreno, così dico: «Mi hai presa in un momentaccio, ma se vuoi possiamo vederci con calma. Magari qualche volta potremmo cenare insieme».

«Non lo diciamo alle nostre intelligenze artificiali» risponde lui puntando il dito verso il suo orecchio dove non è presente l'auricolare.

Annuisco per fargli intendere di aver afferrato il messaggio, mentre Michael strizza l'occhio e se ne ritorna nel suo appartamento.

3

Michael

Chiudo la porta di casa e decido di lasciare l'auricolare nel cassetto ancora per un po'. L'incontro con Sara è stato bizzarro, lei sembra proprio come me, cioè una tipa che si incasina sempre. L'essere simili può giovare a un rapporto di coppia, ma mi chiedo come potrebbe essere la nostra relazione se non fosse mediata costantemente dalle intelligenze artificiali. Forse si rivelerebbe un disastro.

Assaporo qualche altro attimo d'intimità poi decido di indossare l'auricolare perché la voce di Elisa mi manca, ma stranamente lei non mi dà il benvenuto.

"C'è forse rimasta male per essere stata lasciata a casa?" mi chiedo, ma poi concludo che, per quanto sembri intelligente, non è capace di provare alcun sentimento.

Finalmente Elisa si fa sentire e mi domanda se ho bisogno di qualcosa, ma le rispondo in modo distratto perché non riesco a togliermi dalla mente Sara. Voglio invitarla a cena fuori e provo il forte desiderio di mandarle un messaggio di testo, perciò comincio a scrivere qualcosa sullo smartphone, ma fatico a trovare le parole adatte. Elisa capisce cosa sto facendo e si offre di aiutarmi. «Vuoi mandare un messaggio alla tua vicina di casa? Sarei felice di aiutarti a comporlo.»

«Sì, cioè, mi piacerebbe.»

«Sappi che non sono affatto d'accordo. Se in questo particolare momento della tua vita dovessi intraprendere una relazione sentimentale, ne pagheresti le conseguenze. Comunque l'ultima decisione spetta a te.»

Sullo schermo dello smartphone appare il messaggio composto dalla mia intelligenza artificiale; si tratta di qualcosa di semplice e forse banale, ma sicuramente migliore di quanto avrei potuto scrivere io: "Ciao Sara, sono Michael, come va?".

Dopo poco arriva un messaggio di risposta: "Ciao Michael, che piacere sentirti, sei molto premuroso. Va tutto bene, tu che mi dici?".

A questo punto non so se a rispondere sia realmente Sara o la sua intelligenza artificiale, comunque mi limito a dire a Elisa che vorrei invitare a cena la mia vicina.

«Non ti preoccupare Michael, lascia fare a me» risponde lei consigliandomi, nel frattempo, di fare un'attività rilassante.

Le lascio il completo controllo della chat e vado a leggere un libro, finendo dopo poco per addormentarmi. Al mattino trovo decine di messaggi e mi rendo conto che anche l'intelligenza artificiale di Sara ha preso il controllo del suo smartphone. In poche parole Elisa e Ben hanno chattato tutta la notte. Penso che pure Sara si sia resa conto che non sono l'autore di nessun messaggio e che ho delegato tutto alla mia intelligenza artificiale, ma il risultato finale sembra buono perché mentre scorro la chat scopro che andrò a cena con lei. Il ristorante scelto dalla mia intelligenza artificiale è molto costoso, ma non appena provo a lamentarmi dicendo che poteva scegliere qualcosa di più economico, sullo schermo dello smartphone appare un calcolo di quanto potrei spendere e quante ore di lavoro straordinario mi ci vorranno per far tornare alla normalità il mio bilancio settimanale.

«Sì, così può andare» sussurro mentre vado a lavarmi i denti.

4

Sara

Apro gli occhi e fatico a capire dove mi trovo. "Stavo sognando di essere su una nave da crociera che andava alla deriva. Avrei preferito sognare qualcosa di piacevole" mi dico mentre prendo il telefono per capire come la mia intelligenza artificiale abbia gestito la chat con Michael. Scopro che nei prossimi giorni andrò a cena in un ristorante francese chiamato "Trois", si tratta di un posto raffinato e soprattutto molto costoso.

«Bene!» esclamo, compiacendomi di come Ben ha condotto la conversazione con Michael che, sicuramente, non sarà rimasto sveglio tutta la notte per scrivere i messaggi di testo. "Avrà dato questo compito alla sua intelligenza artificiale" concludo, mentre mi alzo per andare a fare colazione.

La giornata passa velocemente, soprattutto perché ho mille impegni lavorativi e la sera, proprio quando sto per entrare in garage, noto che Michael sta parcheggiando l'auto. Ordino rapidamente a Ben di darmi i comandi del veicolo perché voglio dare al mio vicino di casa l'impressione di saper guidare bene e soprattutto di non dipendere completamente dall'intelligenza artificiale.

Michael mi sorride da dietro il finestrino e io ricambio, ma sono nervosa perché non guido una macchina da molto tempo. Anziché guardare avanti per rendermi conto di dove sto andando, preferisco fissare il mio principe azzurro cercando di assumere un'espressione sexy, ma fallisco miseramente nel mio intento perché dall'immagine riflessa nel finestrino constato quanto invece il mio volto sia inespressivo come quello di una statua di cera.

Nel garage rimbomba una sorta di stridulo miagolio seguito da un tonfo. "Ho messo sotto un gatto?" mi domando mentre continuo a guardare Michael; subito dopo mi rendo conto di aver urtato il secchio della spazzatura perché vedo sfrecciare proprio davanti ai miei occhi una buccia di banana seguita da vari sacchetti di plastica. Finalmente decido di guardare avanti, ma è troppo tardi perché investo l'anziana signora del quarto piano che con le braccia spalancate finisce sul cofano dell'auto. Si chiama Geltrude Wurtermaier ed è un'ex campionessa di lotta libera, cosa che si può desumere anche dalla sua corporatura robusta. A dire il vero non mi è stata mai simpatica perché nelle riunioni di condominio ha sempre cercato di boicottare le mie proposte di installare le telecamere di sorveglianza nel garage, però non avrei mai immaginato di arrivare a investirla.

Scendo subito per soccorrerla. Lei in preda alla rabbia comincia a urlare e dopo aver colpito con il bastone il cofano dell'auto, con una rapidità impressionante, come se per un istante avesse recuperato le energie che aveva in gioventù, mi spinge verso la colonna di cemento. Michael si avvicina e la invita a calmarsi, ma lei tira fuori da una borsa alcuni ortaggi e comincia a lanciarli verso di lui, finendo per colpirlo sul naso.

Colgo una strana luce negli occhi di Michael il quale

evidentemente non vuole dare l'impressione di essere un debole che non si sa difendere, soprattutto se minacciato da una signora anziana. Prova ad alzare la voce per placare la furia della donna che roteando la borsetta lo colpisce più volte sulla fronte mandandolo al tappeto, poi passa a me facendomi stramazzare a terra. Senza dire una parola, mimando con la mano il gesto di scrollarsi la polvere dalle spalle, con la freddezza degna di una vera lottatrice, si allontana a passo lento.

Michael ha sulla fronte due segni rossi simili alle lettere "MG" che desumo essere le iniziali del nome e del cognome dello stilista che ha prodotto la borsetta della signora anziana. Molti stilisti aggiungono delle fibbie di metallo alle loro creazioni anche se non credo che questo signor "MG" abbia mai potuto lontanamente pensare che le sue iniziali sarebbero state impresse sulla fronte di qualcuno.

Il mio vicino di casa ha un sopracciglio gonfio e da come mi guarda capisco che anche io non ho una buona cera. Mi fa male la mandibola, ma preferisco non darlo a vedere e dico: «Ce la siamo vista brutta con quella cintura nera, eh?».

Lui scoppia a ridere, ma smette subito e con una smorfia di dolore si porta una mano alla fronte.

Ci avviamo verso i nostri appartamenti e incontriamo il portiere che evidentemente è stato già informato dalle intelligenze artificiali di quanto accaduto. «Potevate suonargliele a quella vecchia antipatica! Le ho riparato due volte la serratura di casa e anziché darmi la mancia mi ha trattato male. Nonostante i suoi settantacinque anni, ha avuto la meglio su due giovanotti come voi. Bah, avete sprecato una buona occasione e come lottatori non valete un fico secco!»

Si allontana scuotendo la testa, mostrandosi al contempo profondamente deluso.

Durante il tragitto scherzo con Michael e immaginiamo, giusto per sdrammatizzare, di tendere un agguato alla signora anziana. Nessuno dei due lo farà mai, ma è divertente solo pensarlo.

Lui esclama con tono ironico: «Potremmo aspettarla in ascensore e prenderci la nostra vendetta!».

Pensando di essere divertente come al solito esagero e dico: «Sai cosa facciamo? Potremmo usare una mazza da baseball per romperle le ossa e mentre tu le blocchi le braccia io le do due mazzate proprio al centro della fronte, poi la prendiamo a borsettate sulla fronte, anzi la marchiamo a fuoco e…»

Michael smette di sorridere e mi rivolge uno sguardo severo per farmi capire che sono andata troppo in là con lo scherzo.

Io cerco di non dare a vedere quanto sono imbarazzata, ma in verità vorrei sprofondare come il Titanic e adagiarmi sul fondo dell'oceano per un paio di secoli. Senza dire una parola infilo la chiave nella serratura e chiudo frettolosamente la porta dietro di me. La riapro brevemente solo per esclamare: «Ciao!». Dopo aver richiuso la porta mi rendo conto di aver fatto la figura della maleducata e la apro nuovamente per dire: «Ci vediamo presto». Per l'ennesima volta chiudo la porta ma guardando dallo spioncino mi accorgo che Michael ha un'espressione perplessa e non si è mosso di un passo.

"L'avrò deluso? Avrò fatto la figura della scema?" mi chiedo poco prima di ripresentarmi a lui per dire: «Ci vediamo a cena, ok? Ora vado che ho l'acqua sul fuoco».

Richiudo la porta e mi rimprovero per aver detto una cosa senza senso. "Sono appena rientrata a casa ed è impossibile che abbia l'acqua sul fuoco! Non capisco perché l'intelligenza artificiale non mi abbia suggerito cosa dire a Michael."

«Ben, come mai non mi hai aiutata?» chiedo, sperando di ricevere una risposta che però non arriva.

Guardo il telefono e mi accorgo che ha la batteria totalmente scarica.

Ripercorro con la mente quanto accaduto. "Ho rischiato di uccidere una vecchia, sono stata riempita di botte, ho definitivamente rovinato il rapporto con Michael, cos'altro può accadere?".

Non appena metto il telefono sotto carica, la voce di Ben risuona nell'auricolare. «Le altre intelligenze artificiali mi hanno riferito quanto accaduto con la signora anziana e mi dispiace.»

«Lascia stare, mi incasino sempre.»

L'immagine di Ben viene proiettata sul soffitto e questa volta indossa degli abiti simili a quelli del Grillo Parlante di Pinocchio con tanto di cappello a cilindro. «Dopo aver incrociato qualche dato e fatte le dovute statistiche penso che il tuo vicino di casa non sia adatto a te. Avresti bisogno di qualcuno in grado di aiutarti nei momenti di difficoltà e che possa tirarti fuori dai guai quando serve, invece Michael ha una personalità simile alla tua che non è propriamente quella di una persona, diciamo così, avveduta. Se sceglierai di stare con lui e di intraprendere un rapporto che va oltre la semplice amicizia, rischierai di trovarti nei guai.»

«Non sono d'accordo.»

«L'ultima decisione spetta a te.»

Ben si mostra sempre molto comprensivo nei miei confronti e ciò mi piace davvero, tuttavia sento che la mia vita sentimentale non può dipendere dai calcoli matematici e dalle statistiche, quindi decido di continuare a vedere il mio vicino di casa.

I giorni passano velocemente e finalmente arriva il momento della cena al ristorante francese.

Michael mi viene a bussare e non appena me lo trovo di fronte noto che non ha l'auricolare, perciò richiudo subito la porta e lancio il mio dentro un vaso che ho all'ingresso di casa. Penso si stia abituando a vedersi chiudere la porta in faccia perché quando la riapro lui sembra avere un'espressione divertita. Per l'occasione ho deciso di indossare un vestito nero attillato con una scollatura appena accennata; non voglio dare l'impressione di essere una donna facile, ma nello stesso tempo vorrei risultare gradevole. Michael invece indossa un completo blu con una camicia gialla e una cravatta rossa. "Sicuramente per fare questo abbinamento di colori non si è affidato al consiglio dell'intelligenza artificiale, piuttosto sembra che si sia vestito al buio. Oppure può essere che dopo essersi ricoperto di nastro adesivo si è lanciato nell'armadio per poi indossare qualsiasi cosa gli è rimasta appiccicata addosso."

«Sei splendida» riesce appena a dire poco prima di

rivolgere lo sguardo verso il pavimento.

"Com'è timido!"

Mi immagino le due possibili reazioni che potrei avere in questo momento. Chiaramente una di queste sembra dettata dalla mia personalità folle: potrei saltargli addosso, cingergli il bacino con le gambe e baciarlo appassionatamente, ma mi sembra eccessivo e rischieremmo entrambi di cadere a terra, quindi do retta alla mia parte razionale che suggerisce di ringraziarlo per il complimento usando un tono gentile. So perfettamente che sto rimandando l'immagine di una persona fredda, come se fossi Elsa la protagonista del film d'animazione "Frozen", però è giusto che tenga a bada quell'aspetto esuberante della mia personalità che spesso mi fa cacciare nei guai.

1

Michael

Questa sera Sara è bellissima. Appena ha aperto la porta ho pensato di saltarle addosso e di baciarla appassionatamente, ma poi ho dato ascolto alla parte razionale della mia personalità perché non voglio dare l'impressione di essere uno che non sa controllare i propri istinti. Mi limito perciò a farle un complimento, forse uno dei più banali e dico: «Sei splendida».

Lei si mostra compiaciuta e ringrazia garbatamente. "Di sicuro non avverte, come me, l'istinto animale di saltare addosso a qualcuno. Lei sì che è una persona seria!"

Subito dopo, per la seconda volta, quella specie di scimmia urlatrice che ho nel cervello mi consiglia di afferrare Sara per baciarla fino a toglierle il respiro, ma alla fine, facendo un notevole sforzo, riesco a frenare qualsiasi istinto irruento e la invito a seguirmi in garage.

Per mostrare a Sara di essere un vero uomo decido di prendere il controllo del veicolo; dopo aver impiegato dieci minuti solo per uscire dal parcheggio comincio a pensare di affidare i comandi alla mia IA che rimane sempre attiva nonostante non indossi l'auricolare. Per dare l'impressione di essere un tipo temerario e avventuroso tiro giù la cappotta dell'auto e dico: «Amo quando il vento mi accarezza i capelli!». Sara sorride a malapena e penso che non abbia gradito quella frase da film hollywoodiano, ad ogni modo mi riprometto di recuperare in seguito. Penso di aver inquadrato la personalità della mia vicina di casa che è molto simile alla mia: entrambi nelle relazioni con gli altri siamo un disastro soprattutto se non veniamo assistiti dall'IA.

Comunque le disgrazie non vengono mai da sole. Mentre esco dal garage rischio di investire l'anziana signora Geltrude che recentemente ha picchiato sia me che Sara e non appena vedo il suo bastone roteare, parto in sgommata per togliermi di mezzo; proprio quando penso di essermela cavata perdo il controllo del veicolo e urto un idrante che avrebbe potuto tranquillamente trattenere l'acqua, ma a causa della mia cronica sfortuna, invece, quello decide di fare un brutto scherzo: un getto d'acqua gelida parte verso l'alto per ricadere subito dopo sulle nostre teste riempiendo l'auto come fosse una piscina. Chiudo il tettino, ma ormai è troppo tardi perché siamo bagnati dalla testa ai piedi e a Sara si è anche sciolto il trucco. Due righe nere le scendono sulle guance conferendole un'espressione triste, tuttavia, contro ogni mia aspettativa, anziché chiedermi di riportarla a casa, apre lo sportello per fare uscire l'acqua e mi invita a ripartire per raggiungere il ristorante. Ha lo sguardo divertito e questo mi rassicura, allora penso di essere fortunato di aver trovato una persona imbranata e folle come me.

Arriviamo al ristorante e il peso dello sguardo stupito del parcheggiatore si fa subito sentire. L'auto ha il paraurti che sfiora l'asfalto ed emette un suono stridulo come fosse un gesso spinto con forza su una lavagna. Pure noi non diamo una buona impressione perché siamo bagnati dalla testa ai piedi anche se ci sforziamo di comportarci come se nulla fosse accaduto, ignorando perfino il commento del parcheggiatore che dice: «Avete le intelligenze artificiali in sciopero? La prossima volta vi consiglio di far guidare loro!».

Il locale è davvero di lusso. Un grande lampadario di cristallo è fissato al soffitto della sala sulle cui pareti sono raffigurati diversi nobiluomini finemente abbigliati con indosso delle parruccone giganti come quelle che andavano di moda qualche secolo fa. L'unica fonte di illuminazione sembra proprio essere quella del lampadario che, nonostante le numerose lampadine, con la sua luce riesce appena a raggiungere l'estremità della sala dove fortunatamente ci assegnano il tavolo. Grazie alla scarsa illuminazione i nostri abiti bagnati si notano poco, ma quando il cameriere viene a prendere l'ordine finisce con i piedi in una pozzanghera formatasi a causa dell'acqua che gronda dai nostri vestiti. Si tratta di un uomo sulla sessantina dai piedi piatti e i capelli bianchi. Sembra una persona molto educata e anziché fare un commento che eguagli nella rozzezza quello del parcheggiatore del locale, si limita garbatamente a fissarci con uno sguardo da triglia che è una via di mezzo tra lo stupito e il disgustato.

«Un tempaccio oggi, eh? Siamo bagnati dalla testa ai

piedi» dico all'uomo cercando di mostrarmi simpatico.

«Veramente oggi non è prevista pioggia, signore.»

«Farebbe bene a procurarsi un ombrello» rispondo, lanciando uno sguardo a Sara che ricambia con un sorriso. Cerco maldestramente di dare l'impressione di essere un assiduo frequentatore di quel locale e decido di dire la prima sciocchezza che mi viene in mente. «Dunque, da bere prendo il solito e per la signora il migliore champagne della casa.»

«Scusi signore» risponde il cameriere confuso «può ricordarmi qual è il "solito"?»

«Ah, Leonard, hai sempre voglia di scherzare.»

«Veramente mi chiamo Bernard.»

«Appunto, Bernard, portami un bicchiere di vino qualsiasi.»

Lui fa un gesto d'assenso e si allontana. Ancora una volta con Sara rimaniamo in silenzio e la mancanza dei nostri assistenti virtuali si fa sentire, poi iniziamo a conversare scoprendo quanto sia bello farlo senza doversi per forza preoccupare di dire la cosa giusta al momento giusto. In questo modo mettiamo in mostra sia i nostri punti di forza sia quelli deboli. Ordino per entrambi delle lumacone giganti che mi ricordo essere la specialità del locale, poi siccome ho i piedi congelati mi dirigo in bagno per asciugare i calzini con il getto d'aria calda. Mentre sono con i piedi nudi e i calzini in mano entra Bernard che, ancora una volta, comincia a fissarmi con lo sguardo da triglia. Abbozzando un sorriso mi ricompongo e faccio ritorno al tavolo.

La parte più buffa e drammatica della serata, come se

non fosse bastato ciò che è accaduto sino a questo momento, arriva quando ci troviamo di fronte a uno strano strumento per tenere fermi i gusci delle lumache. Come al solito ostento una certa sicurezza per dare l'impressione di essere perfettamente a mio agio con quel cibo bizzarro che, in verità, non ho mai mangiato in vita mia perché l'unica volta che ho pranzato in questo locale è stato qualche tempo fa con dei colleghi di lavoro e ricordo di aver ordinato solo un'insalata.

Prendo lo strumento e afferro una lumaca, ma evidentemente esercito troppa pressione e questa schizza alla velocità della luce verso l'alto per compiere una parabola e finire nel piatto di minestra di una signora che sta mangiando nel tavolo accanto a noi. Recupero la lumaca dal suo piatto porgendole le scuse, ma la signora non gradisce il fatto che abbia messo le mani nella minestra e comincia a lamentarsi con il cameriere il quale, dopo avermi lanciato un'occhiata severa, si dirige verso la cucina per sostituire il piatto alla cliente inviperita. Con Sara decidiamo di abbandonare lo strano strumento e di afferrare le lumache con le mani. Il sapore non è male, anche se non mi piace l'idea di mangiare un animale viscido che striscia sulla terra.

Al termine della cena mi faccio portare il menu dei dessert e comincio maldestramente a leggere ad alta voce i nomi francesi dei dolci. Evidentemente raggiungo l'obiettivo di fare colpo su Sara che mi lancia uno sguardo pieno di ammirazione. In realtà non ho mai studiato il francese, ma poco importa. Chiamo Bernard e dico: «Si vu plè, dos… due… couvert con chocolat…»

Bernard sgrana gli occhi e capisco di aver appena detto una sciocchezza. Comunque l'uomo mi regge il gioco e risponde: «Immagino che quando ha menzionato il "couvert" si riferisse al coperto che comunque verrà incluso nel conto finale, per quanto riguarda la cioccolata la faccio preparare subito».

Lo ringrazio e continuo a conversare con Sara che come immaginavo si è rivelata una persona molto dolce e comprensiva.

Terminata la cena lascio una cospicua mancia a Bernard, il quale mi ringrazia in modo freddo, sicuramente augurandosi di non averci più come clienti.

Ci dirigiamo con l'auto verso casa, ma questa volta faccio guidare la mia intelligenza artificiale. Quando arriviamo sul pianerottolo commentiamo tutte le cose buffe accadute questa sera e, finalmente, decido di baciare Sara. Ci salutiamo in modo impacciato e lei fa ritorno nel suo appartamento chiudendo la porta dietro di sé, ma scommetto che come al solito la riaprirà e infatti non mi sbagliavo perché poco dopo riappare dicendo: «È stato divertente. Mi fa piacere di aver trovato un combinaguai come me, buonanotte».

Penso di avere sul volto un'espressione da pesce lesso, ma mi rallegra di aver fatto colpo su una persona che non ci fa caso più di tanto.

2

Sara

Tutto sommato la cena al ristorante francese è andata bene e se tralasciamo le cose negative, come il fatto di aver rischiato di investire la signora Geltrude, l'aver distrutto un idrante e riempito la macchina d'acqua oppure di aver fatto una figura pessima lanciando il guscio della lumaca nel piatto di una cliente, nel complesso, non possiamo lamentarci.

Michael è proprio il mio tipo. Non so perché ma sin da piccola ho sempre trovato attraenti le persone impacciate. Quando le mie amiche mi mostravano le foto di ragazzi muscolosi o di quegli attori affascinanti che sembravano poter conquistare il mondo con uno sguardo, io non provavo alcun senso di attrazione verso di loro piuttosto mi piacevano i tipi un po' imbranati perché li trovavo spontanei. Michael mi va a genio e anche esteticamente non è affatto male, l'unica cosa che mi preoccupa è che insieme combiniamo dei veri e propri casini come se fossimo degli adolescenti alle prime armi. Comunque mi ha appena mandato un messaggio di testo dolcissimo con scritto: "Spero la serata sia stata di tuo gradimento. Io mi sono trovato benissimo! Sei davvero una persona speciale e se lo vorrai potremmo passare altro tempo insieme".

Sono un po' nervosa perché non ho mai ricevuto un messaggio così carino, quindi opto per una risposta breve e mi limito a scrivere semplicemente: "Sì". Avrei voluto rispondere con un lungo messaggio per fargli sapere che mi sono innamorata di lui, ma allo stesso tempo sono conscia che in amore vince chi fugge, quindi reprimo quella vocina interiore che suggerisce di lasciarmi andare.

Il tempo passa e con Michael il rapporto diventa sempre più stretto finché decido di andare a vivere nel suo appartamento dove sin da subito cominciano i problemi. Caratterialmente siamo compatibili, intendiamoci, ma sono le intelligenze artificiali a fare scintille.

Prima di tutto non riescono a mettersi d'accordo sulla temperatura dell'ambiente e mentre Elisa cerca sempre di alzarla, Ben dal canto suo preferisce abbassarla. Il fatto di ricevere dei consigli da loro è ancora una cosa utile, ma con Michael ci cominciamo a stancare perché è come se ci mancasse quell'intimità che solo tra le mura domestiche si può avere, perciò di comune accordo decidiamo di silenziare le IA. Se invece ci rechiamo sul posto di lavoro o se usciamo di casa, dove sono necessari continui consigli per mostrare agli altri di essere persone gradevoli e senza grossi difetti, allora le riattiviamo.

Michael mi ha chiesto se mi va di andare al matrimonio del fratello che si sposerà a Miami, così, con l'occasione, potrebbe presentarmi la sua famiglia. La cosa mi agita un po' perché da una parte vorrei fare una buona impressione sui suoi parenti, dall'altra temo di combinare uno dei miei soliti guai, perciò decido che quando sarò dalla famiglia di Michael mi affiderò ai consigli dell'intelligenza artificiale e non rimuoverò l'auricolare nemmeno durante la notte.

Lui propone di invitare anche mia madre al matrimonio di suo fratello per fare in modo che le nostre famiglie si conoscano. Mi mostro felice di questa opportunità, ma subito dopo mi chiudo in camera e infilo la testa sotto il cuscino con la vana speranza che possa darmi un po' di conforto perché conosco bene mia madre e so quanto mi metterà in imbarazzo. Si chiama Charlotte e discende da una famiglia aristocratica inglese, così come mio padre che purtroppo è morto in un incidente di caccia. Sono cresciuta con mia madre che mi ha insegnato le regole della buona educazione, ma anche a essere molto severa con me stessa. Lei non è affatto una tipa accondiscendente, anzi, la sua rigidità mentale mi ha spesso messo in difficoltà.

Ho frequentato le migliori scuole private e nonostante eccellessi in tutte le materie, per mia madre non era mai abbastanza tuttavia non ho mai pensato che non mi amasse, ma col tempo ho capito che lo fa a modo suo. Nella vita non ha mai lavorato e si mantiene con le rendite derivanti dai vigneti e dai vari possedimenti che ancora ha in Inghilterra dove è tornata a vivere. Alla morte di mio padre ci siamo trasferite in California presso la sorella di mia madre che l'ha aiutata a farmi crescere. Quando ho compiuto diciotto anni mi sono rifiutata di tornare a vivere in Inghilterra perché amo il sole della California e non la pioggia che invece bagna costantemente il mio Paese natale. Chiaramente mia madre non l'ha presa bene e per questo motivo ha smesso di sostenermi economicamente. Il mio orgoglio quindi mi ha spinta a trovare un lavoro e a procurami da vivere. Nonostante ciò, non sono arrabbiata con lei perché capisco quanto sia legata alla terra dov'è nata e a quanto ci tenesse che vi facessi ritorno per gestire le proprietà di famiglia.

Arriva il giorno della partenza e come al solito sono nervosa, ma cerco di non darlo a vedere. Non ho potuto fare a meno di invitare al matrimonio mia madre perché Michael ha tanto insistito, comunque sono sicura che se farò affidamento sull'intelligenza artificiale tutto andrà bene.

Ieri notte ho sognato che mia madre cominciava a discutere con quella di Michael che, in preda alla rabbia, le tirava una caraffa piena d'acqua impegnandosi subito dopo in un combattimento corpo a corpo. Sono contenta che si sia trattato solo di un incubo, ma il livello della mia ansia è ora salito del duecento per cento.

Mentre ci troviamo in garage per dare istruzioni all'intelligenza artificiale e farle prendere il controllo del veicolo che ci condurrà all'aeroporto, vediamo la signora Geltrude dirigersi verso le scale; mentre cammina ci rivolge uno sguardo di sfida, ma noi scegliamo la via della pace e rispondiamo con un sorriso. Quando però lei comincia ad avvicinarsi diamo ordine all'intelligenza artificiale di partire in sgommata per portarci il più velocemente possibile lontano da lì. Qualcosa mi dice che in futuro ci scontreremo nuovamente con lei, ma con Michael vogliamo farci trovare preparati e abbiamo in programma di prendere lezioni di arti marziali.

Il viaggio in aereo è passato velocemente, Michael è stato dolcissimo perché mi ha sempre tenuto la mano. Amo quando mi riempie di attenzioni e una delle cose che non mi manca di quando vivevo per conto mio, è proprio quel costante senso di solitudine che mi attanagliava. Quando avevo la febbre e dovevo rimanere a casa o se mi sentivo giù di morale, la semplice voce dell'intelligenza artificiale non riusciva a compensare l'assenza di una persona in carne e ossa. Ora me ne rendo davvero conto: la vita di coppia mi appaga in pieno.

In Florida il clima è ottimo anche se il tasso di umidità è elevato, ma non mi trasferirei mai a vivere da queste parti perché ho paura degli alligatori. Molte persone hanno addirittura la piscina coperta da una rete per tenere lontano quelle bestie feroci e personalmente non ci tengo a essere sbranata.

All'aeroporto ci viene a prendere la madre di Michael che è arrivata il giorno prima e appena la vedo capisco perché il figlio non ha voluto fare il viaggio in aereo con lei da Los Angeles a Miami. Si tratta di una donna ben vestita, ma dai modi rudi che poco hanno a che fare con quelli aristocratici di mia madre, perciò mi chiedo se quando si incontreranno cominceranno a fare scintille, ma poi decido di scacciare questi pensieri per non alimentare oltremodo la mia ansia che è piena fino all'orlo come un otre.

Lei mi squadra dalla testa ai piedi e dall'espressione del volto non sembra gradire i miei jeans larghi, tantomeno la felpa che indosso con stampato il personaggio dei cartoni animati "Betty Boop", ad ogni modo sorride simulando piuttosto goffamente di essere felice di vedermi, ma di sicuro non crede che io sia la persona adatta per suo figlio.

Mi dice: «Finalmente ci incontriamo! Mi chiamo Storm e vedrai che andremo molto d'accordo. Se ti va possiamo scambiarci i numeri di telefono per sincronizzare le intelligenze artificiali».

"Strega!" penso e poi mi dico: "Col cavolo che ti do il numero, non voglio che ti impicci degli affari miei facendoti rivelare ogni segreto dall'IA".

Immagino per un momento di darle un pugno sul naso, ma poi la mia parte razionale mi riporta alla realtà facendomi rendere conto che Storm mi sta fissando ed è in attesa di una risposta.

«Sono d'accordo! Scambiamoci i numeri di telefono, questa è davvero una splendida idea» dico cercando di simulare una certa gioia.

Dopo aver avvicinato i telefoni per effettuare lo scambio dei dati, lei lancia un'occhiata al figlio e senza nemmeno salutarlo gli sistema il cappello e il collo della camicia, dicendo in modo freddo: «Ho appena finito di litigare con tuo fratello Paul perché vi voleva venire a prendere all'aeroporto. Ti rendi conto? Con tutti gli impegni che ha! Purtroppo questa tendenza a dare la priorità alle cose poco utili l'avete ripresa da vostro padre che fortunatamente non è stato invitato al matrimonio».

Michael rimane senza parole e mi guarda con un certo imbarazzo, ma annuisco per fargli capire che do poco peso alle risposte acide di Storm. In aereo mi aveva parlato della personalità "incontenibile" della madre e ora che ho la possibilità di vederla di persona devo dire che è anche peggio di come me la immaginassi.

Durante il viaggio in auto verso la nostra destinazione, Storm indossa le cuffie per ascoltare la musica ma ogni tanto noto che sorride. Vengo assalita da un dubbio: "Si starà forse divertendo alle mie spalle ascoltando quanto la mia intelligenza artificiale sta riferendo alla sua?". Non ne ho la certezza, ma non mi sento a mio agio. Michael mi tiene la mano e nel frattempo racconta del rapporto che ha con il fratello che sente solo a Natale e a Pasqua perché, a suo dire, Paul è insopportabile come la madre e proprio come lei ha la capacità di mandare chiunque fuori di testa.

Dopo un po' arriviamo presso una bella abitazione con una piscina ricoperta da una specie di gabbia. "Avevo ragione" mi dico "qui ci sono gli alligatori, anche se non so cos'è peggio se essere sbranata da loro o passare del tempo con Storm!"

Paul ci viene incontro e appare diverso da come me lo immaginavo. Si tratta di un tipo alto e piuttosto sovrappeso, la barba incolta gli conferisce un aspetto trascurato, mentre il taglio degli occhi è identico a quello della madre.

Quantomeno ci accoglie con un sorriso e rimango sorpresa quando mi porge un mazzo di fiori. Per un momento penso che caratterialmente sia diverso rispetto a come lo ha descritto Michael, ma poi mi ricredo subito quando dice: «Che piacere conoscerti! Non parlo molto con quello zuccone di mio fratello, ma so tutto di te perché la tua IA ha spiattellato ogni dettaglio della tua vita a quella di mia mamma che a sua volta ha informato la mia».

Rimango senza parole e provo un forte senso di desolazione. Sia Paul che Storm hanno la capacità di scavarti abilmente la fossa pur mantenendo il sorriso sul volto. "Va bene" mi dico "volete la guerra? Sono pronta" poi rispondo: «Il piacere è mio Paul, perché non mi dai il tuo numero di telefono così sincronizziamo le intelligenze artificiali?».

Acconsente con una certa riluttanza anche se, in effetti, per sapere tutto di lui mi sarebbe bastato far colloquiare la mia IA con quella di Michael. Mentre mi sforzo di sorridere, con la coda dell'occhio vedo arrivare un'automobile di lusso dalla quale scende mia madre.

3

Michael

La madre di Sara scende dalla macchina e subito la mia attenzione è attirata dalla ricercatezza del suo abbigliamento. Indossa una gonna di seta rosa con abbinata un'elegante giacca dello stesso colore e una camicia bianca plissettata con il colletto color avorio adornato da vari laccetti neri. Dal modo in cui cammina e dal portamento, Charlotte dà davvero l'impressione di essere una nobildonna e se da una parte ciò la rende affascinante, dall'altra costituisce un problema perché di sicuro entrerà in competizione con mia madre dalla quale mi aspetto un commento sarcastico che infatti non si fa attendere: «Tu devi essere Charlotte. Che piacere conoscere la mamma di Sara! L'IA mi ha molto parlato di te e in verità mi aspettavo fossi più brutta, invece sei davvero elegante. Poi, certo, l'operazione per togliere la gobba dal naso ha migliorato il tuo viso!».

Charlotte non sembra badare a quel commento anche se immagino le abbia dato fastidio. I dettagli dell'operazione al naso sicuramente sono stati rivelati dalla sua intelligenza artificiale a quella della figlia che a sua volta ha girato l'informazione all'assistente virtuale di mia madre. In poche parole: un bel casino! Charlotte non le risponde, ma si limita a sorridere passando poi a salutare Sara e me.

"Una vera signora!" penso mentre vedo il volto di mia madre che per la rabbia assume varie colorazioni tra le quali: rosso, rosso pompeiano, rosso veneziano, melograno, sangria! Detesta quando le sue frecciatine non provocano alcuna reazione nel prossimo.

Charlotte è una delle poche persone che è stata in grado di non replicare in modo seccato ai commenti pungenti di mia madre e ancora una volta la sua nobiltà traspare dall'atteggiamento composto. Mi rendo comunque conto di non conoscerla affatto perciò non so se aspetterà il momento opportuno per rispondere a tono, per ora posso solo dire che mi ha fatto un'ottima impressione.

Segue un momento di silenzio durante il quale tutti ricevono i suggerimenti dalle rispettive intelligenze artificiali che, in modo molto più assennato rispetto a quello dei loro proprietari, cercano di farli comportare in modo adeguato alla situazione.

Evidentemente Storm segue il consiglio di Lucas e prova a riprendersi dicendo: «Perdona i miei modi rudi, Charlotte. Sono felice che tu sia qui, sei davvero molto elegante e spero potrai darmi la possibilità di recuperare. Mi rendo conto che il mio commento è stato inopportuno».

L'altra risponde: «Figurati, non gli ho dato alcun peso. Avremo certamente modo di conoscerci meglio».

Su consiglio della sua IA, Paul dice: «Che sciocco, vi ho lasciato troppo tempo qui fuori, sono proprio un pessimo padrone di casa, accomodatevi pure». Rivolgendosi a Charlotte aggiunge: «La mia casa è umile e spero possa trovarla confortevole. Ho pensato di assegnarle la migliore stanza che si affaccia sulla piscina. Se me lo consente l'aiuto con le valigie».

Charlotte riesce appena a rispondere: «Veramente ho prenotato una camera d'albergo…» ma poi riceve un suggerimento dell'intelligenza artificiale e mostra subito di aver cambiato idea, esclamando: «Grazie! Che bel pensiero che hai avuto, sarà un piacere dormire qui».

Per ora la tragedia sembra evitata e da questo primo incontro nessuno è uscito con "le ossa rotte", ma ho come l'impressione che sia solo l'inizio di un processo inevitabile che produrrà una "catastrofe famigliare" di proporzioni bibliche. Spero davvero che le intelligenze artificiali riescano a contenere le personalità di tutti anche se, a pensarci bene, sono proprio loro che contribuiscono a generare questi problemi.

Entriamo in casa sistemandoci nelle rispettive stanze ed è proprio allora che decido di affrontare con Sara il discorso delle nostre famiglie.

«Amore, secondo te riusciremo a sopravvivere a questa esperienza? Hai visto come si comportano?»

«Michael, non ti preoccupare, andrà tutto bene. Non solo le nostre famiglie, ma buona parte delle persone che vivono sulla Terra non sanno più comunicare a dovere perché dipendono dai suggerimenti delle intelligenze artificiali. Per mantenere la pace dobbiamo solo evitare di rispondere impulsivamente e limitarci a ripetere quello che i nostri assistenti virtuali ci suggeriscono, tutto qui.»

«Lo so, ma hai visto com'è andata? Spesso si ignorano i consigli delle intelligenze artificiali e si risponde d'impulso, io stesso a volte faccio fatica a trattenermi.»

Lei mi abbraccia e in quel momento di silenzio che vale più di mille parole, mi tranquillizzo pensando: "Ecco, questo un'IA non riuscirà mai a farlo perché, sebbene sembra essere esperta di tutto, non conosce il significato del calore umano, così come la magia sprigionata da un abbraccio".

Improvvisamente l'immagine di Ben appare sul soffitto. Oggi indossa un camice bianco sul quale c'è una targhetta con su scritto: "Ginecologo". Inizialmente si schiarisce la voce come se fosse un luminare che sta per donare al mondo una delle sue perle di saggezza, poi dice: «Sara in questo periodo è fertile e la vicinanza fisica con un uomo potrebbe spingerla a "unirsi" a lui. Ciò farebbe aumentare in modo esponenziale le possibilità di rimanere incinta. Senza contare che Michael deve ancora "consumare" per la prima volta, mentre Sara sono cinque anni che non viene sfiorata da un uomo».

Ascoltiamo entrambi quel suggerimento e con un certo imbarazzo ci allontaniamo l'uno dall'altra.

Immagino di lanciare lo smartphone fuori dalla finestra. "Impiccione guastafeste! Che ne sai tu del contatto fisico? Sei solo un ammasso di circuiti!"

Nonostante stia ormai con Sara da diverso tempo, non ho mai fatto l'amore con lei. All'inizio della nostra relazione le ho confessato di essere vergine e lei si è dimostrata molto comprensiva dicendo che quando mi sentirò pronto potremo stare insieme in intimità. "Beh, adesso mi sento pronto e se non fosse stato per quel pezzo di latta di Ben, sarei riuscito a sbloccarmi e a stare con Sara" mi dico, mentre immagino di spaccare con un'ascia da boscaiolo lo smartphone, per poi passarci sopra con un camion e gettarlo nell'acqua salata. Quando ho finito di pensare a tutte queste cose, anziché afferrare Sara e baciarla appassionatamente, fregandomene dei consigli di una macchina, scuoto la testa e con tono rassegnato dico: «Forse ha ragione Ben, rimandiamo».

Lei annuisce mostrandosi d'accordo, ma noto nel suo sguardo una certa amarezza.

Quella stessa sera durante la cena affrontiamo la prova più difficile. Sara, mia madre, Charlotte, Paul e la sua futura moglie Abigail sono nella sala da pranzo, invece io arrivo in ritardo perché ho dovuto ascoltare le raccomandazioni di Elisa che mi ha istruito a dovere su cosa dire per non cacciarmi nei guai.

Abigail è una tipa piuttosto maleducata e i capelli rosso fuoco si abbinano alla perfezione con la sua personalità prepotente. È decisamente sovrappeso, ha dei modi burberi ed è forse per questo che mio fratello ha deciso di sposarla. Lui non è un tipo deciso, anzi, penso proprio che abbia trovato in Abigail la sua parte mancante perché viene comandato a bacchetta. Questa sera lei indossa la maglietta della sua squadra preferita di football della quale non perde nemmeno una partita; è una tifosa sfegatata che però non scende mai in campo a giocare, piuttosto ogni settimana se ne sta sugli spalti a bere birra.

"Che cafona, poteva vestirsi un po' meglio, ma tanto chi ci fa caso in una società dove nessuno bada più alla forma?"

La mia intelligenza artificiale mi fa sapere che quella maglietta le è stata regalata dal suo ex fidanzato. Mi domando se mio fratello sia a conoscenza di questo particolare, poi concludo che deve per forza essere così perché chi possiede uno smartphone con installata l'intelligenza artificiale non può più nascondere alcun segreto.

Charlotte indossa un abito verde smeraldo davvero elegante, mentre mia madre ha un completo disegnato da un noto stilista italiano, ma non le sta affatto bene. Prima di tutto è troppo stretto sulla pancia che mette ridicolamente in risalto, poi è esageratamente scollato e poco adatto a una cena come questa, inoltre il fenicottero rosa di stoffa che le scende dalla spalla è orribile. Spinta evidentemente dai consigli dell'intelligenza artificiale, decide di fare un gesto carino e di versare il vino a Charlotte, ma nel farlo si alza dalla sedia sporgendosi in avanti tanto da mostrare ai commensali la patch raffigurante gli artigli di tigre cucita sulla parte posteriore dei pantaloni all'altezza del sedere.

Mi alzo di scatto consigliandole di sedersi ma i presenti, sicuramente già disgustati dal fenicottero rosa, non hanno potuto fare a meno di notare gli artigli di tigre che aggiungono un tocco triste a un vestito già tremendamente pietoso.

«Faccio io mamma, tu siediti pure.»

«È per il mio vestito vero? Beh, costa un occhio della testa ed è migliore di tanti altri indossati da qualcuno che è in questa sala!»

Quando ha detto "indossati da qualcuno" ha fatto salire il tono della voce come se intendesse rimarcarlo, poi ha rivolto lo sguardo verso Charlotte la quale si toglie l'auricolare per non ascoltare più i suggerimenti dell'intelligenza artificiale che sicuramente la sta invitando alla calma e dice: «Generalmente non mi vesto da animale della giungla».

«Io invece non mi vesto da bomboniera come te» risponde mia madre con tono acido, poi si rivolge alla sua IA ed esclama: «Tu taci che cerchi sempre di limitare la mia spontaneità!».

Mio fratello Paul tenta di smorzare i toni e dice la prima sciocchezza che gli viene in mente: «Vi va di ascoltare un po' di musica?».

Si avvia frettolosamente verso un vecchio giradischi e mette su un singolo dal titolo "Time in a Bottle", ma gli animi sembrano già incandescenti e sia mia madre che Charlotte si lanciano sguardi di sfida.

Sara fa un tentativo piuttosto maldestro e chiede ai commensali se vogliono iniziare a mangiare.

Mio fratello Paul le risponde d'impulso: «Ti sembra il momento? Ma cos'hai al posto del cervello, la segatura?».

Io non sono mai stato un eroe, tantomeno un buon lottatore, ma quell'insulto rivolto a Sara mi fa ribollire il sangue. La mia IA prova a calmarmi e mi invita a respirare profondamente, ma lancio l'auricolare sul tavolo e corro verso mio fratello caricandolo come fossi un bufalo della prateria. Il miserabile cade all'indietro sui regali di nozze che sono accatastati in un angolo della stanza, rompendo irrimediabilmente il servizio di bicchieri di cristallo.

La barboncina di mia madre che se fosse stata una persona si sarebbe posizionata all'ultimo posto della più infima categoria umana, noncurante di quanto sta accadendo si lancia sul tavolo rompendo i calici pieni di prosecco.

"Ottimo tempismo!" penso. Priscilla per l'occasione indossa una collana di perle, una fascia a pois rossi sulla fronte che si abbina perfettamente al colore delle unghie. La segue il cane di mio fratello, un incrocio tra un Chihuahua e una razza indefinita, forse aliena, che decide di cingere con le zampe la caviglia di Abigail mostrando di volersi accoppiare. Abigail scuote la gamba, ma l'animale non molla, allora lei la agita in modo più energico facendolo volare sul ripiano del camino dove manda in mille pezzi i vetri delle cornici d'argento. La bestia si dà alla fuga e Abigail, visibilmente risentita per il fatto che ho spinto Paul, mi carica come fosse un toro mandandomi al tappeto. Io cerco di difendermi mordendole una caviglia e subito dopo cominciamo ad azzuffarci. Nel frattempo Charlotte sembra aver smarrito la sua nobiltà e sta rovesciando un bicchiere d'acqua sulla testa di mia madre che risponde sferrandole un gancio, degno di un pugile che compete nella categoria dei pesi medi.

Sara cerca di difendermi e salta sulla schiena di Abigail che sbilanciandosi finisce sulle scatole contenenti il servizio di piatti regalatole per il matrimonio da una vecchia zia ricca.

Tutti si azzuffano eccetto i cani che per nulla turbati da quanto sta accadendo intorno a loro vanno a leccare il cibo finito a terra. La musica proveniente dal giradischi fa da sottofondo a quanto sta avvenendo nella sala da pranzo che nel frattempo si è trasformata in un campo di battaglia dove piatti e stoviglie vengono lanciati senza sosta.

Ad interrompere quella furiosa lotta, molto simile alla più ignobile scazzottata tra pirati ubriachi nella taverna di un'isola tropicale, è lo stridulo suono del campanello: qualcuno è alla porta!

Tutti si bloccano sul posto. Abigail ha in una mano il bavero della mia camicia e fermo a mezz'aria c'è il pungo che stava per sferrare. Sara rimane avvinghiata alla sua caviglia e rivolge lo sguardo verso la porta d'ingresso forse temendo che dietro di essa ci siano due agenti di polizia chiamati da un vicino di casa infastidito per tutto quel trambusto.

Mia madre è in piedi sul tavolo ed ha una manica del vestito strappata, mentre il trucco le riga le guance facendola somigliare a uno di quei mimi che si esibiscono sotto la Torre Eiffel. Charlotte stringe tra le mani un candelabro a sei bracci e anche lei non è messa bene perché ha i capelli bagnati e il vestito macchiato di olio. Mio fratello che ha un occhio nero provocato sicuramente da qualche oggetto su cui ha urtato quando è caduto, va ad aprire la porta e si trova davanti i suoi suoceri che gli lanciano sul volto dei coriandoli urlando: «Tanti auguri ai futuri sposi!».

In un secondo si rendono conto dello stato pietoso in cui versa Paul e guardando dietro alle sue spalle scorgono tutti gli altri.

L'espressione della sorpresa appare sui volti dei due poveretti.

4

Storm

"Ieri sera a casa di Paul ho fatto una figura pessima ed è venuto fuori il mio lato peggiore, però quella Charlotte non mi piace affatto. Sin dal primo momento che l'ho vista ho detestato il modo in cui si veste e si comporta. Pensa di essere nel suo principesco reame e di poter comandare gli altri come fossero dei sudditi? Comunque ho fatto bene a venire a dormire in albergo perché non mi va di condividere lo stesso tetto con Charlotte, senza contare che se fossi rimasta lì mi sarebbe anche toccato ripulire il disastro che abbiamo combinato. Immagino cosa hanno potuto pensare i futuri suoceri di mio figlio quando si sono trovati di fronte quella scena in cui tutti erano in uno stato pietoso."

«Bah, meglio dimenticare questo episodio» sussurro mentre vado in bagno a specchiarmi. Ho ancora tra i capelli alcuni piccoli frammenti di gelatina che Charlotte mi ha tirato ieri sera, in più ho lo zigomo sinistro gonfio.

Nonostante provi a distrarmi, un mucchio di pensieri intrusivi si fanno largo nella mente.

"Forse dovrei farmi un esame di coscienza e ammettere di aver sbagliato. Giù la maschera. La verità è che sono invidiosa della madre di Sara perché ha stile. È una bella donna, ha meno rughe di me, veste bene ed è dotata di grande classe."

«Mica è colpa mia se discendo da una famiglia umile! Mio padre faceva il facchino in un albergo di periferia, mentre mia madre stirava gli abiti in una lavanderia. Non ho ricevuto alcuna educazione signorile e questo mi brucia, ma sono riuscita comunque a fare una buona carriera. Certo, al mondo ci sarà sempre chi ha più possibilità di riuscire perché nasce in una culla dorata.»

Mentre faccio queste considerazioni a voce alta, un cameriere si presenta alla porta con un mazzo di fiori. Sul biglietto è stampato un primo piano di Charlotte e la frase: "Mi dispiace per quel che è accaduto ieri sera, spero tu possa perdonare il mio deplorevole comportamento. Credo proprio di aver toccato il fondo e ti porgo le mie più sincere e sentite scuse. Accetta questo piccolo dono in segno di pace, anche in considerazione della relazione che intercorre tra i nostri figli".

Il biglietto è scritto a mano e firmato da Charlotte che ha una calligrafia elegante, impreziosita da svolazzi e ghirigori.

Ecco, questo è quello che intendo quando parlo di signorilità. Io non mi sarei mai sognata di mandarle un omaggio, ma lei sì perché ha ricevuto un'ottima educazione. Sul retro del biglietto c'è il numero di telefono di Charlotte e comincio ad accarezzare l'idea di chiamarla, ma considero anche di dover scegliere attentamente le parole da dire, quindi faccio delle prove al telefono fingendo di parlare con lei ed esclamo: «Carissima! Ho ricevuto il tuo regalo e il biglietto!».

"No, decisamente come approccio è pessimo, devo pensare a qualcos'altro e soprattutto a scusarmi con lei. Anche io quando voglio so essere una signora" mi dico, cercando di trovare le parole adatte.

«Charlotte, sono Storm, volevo ringraziarti dal profondo

del cuore per le belle parole che hai speso per me.»

Mentre pronuncio questa frase mi si offusca la vista dalla rabbia perché nella mente compaiono le immagini di quanto accaduto ieri sera, allora, sempre simulando la telefonata con Charlotte, aggiungo: «Però brutta vipera, mi hai rovinato un vestito da tremila dollari e ora pensi di compensare con un mazzo di fiori che magari avrai pure rubato a qualche morto al cimitero?».

Scaglio con forza il telefono sul divano, poi afferro un cuscino e comincio a sbatterlo a destra e a sinistra concludendo la mia performance saltandoci sopra e riempiendolo di pugni.

«Ti basta questo o ne vuoi ancora? Brutta serpe aristocratica!» strillo a squarciagola, ma vengo interrotta da qualcuno che bussa alla porta.

Immediatamente mi tranquillizzo e con una calma serafica che farebbe invidia a una dea dell'Olimpo, vado ad aprire.

Mi trovo di fronte mio figlio Michael e Sara.

«Possiamo entrare mamma? Vorremmo parlarti.»

«Certamente, accomodatevi pure, stavo giusto pensando a qualche frase da scrivere per porgere le scuse a Charlotte. Il mio comportamento è stato inqualificabile.» Noto con la coda dell'occhio che i due si guardano compiaciuti, allora aggiungo: «Come mai vi trovate qui?».

«Vedi mamma, Charlotte ha ammesso di essersi comportata male nei tuoi confronti e dato che anche tu ritieni di doverle delle scuse, avevamo pensato di andare tutti a cena per fare pace e voltare pagina.»

«Mi sembra un'ottima idea» rispondo cercando di mostrarmi felice per l'invito ricevuto.

Sara aggiunge: «Potremmo mangiare al ristorante di questo albergo, verranno anche Paul e Abigail. Questa sera alle sette va bene?».

«Benissimo, ci vediamo dopo. Ditele che sono molto dispiaciuta per essermi comportata male con lei.»

Non appena i due escono, poggio la testa sulla porta e respiro profondamente. In verità l'idea della cena non mi entusiasma, ma sono costretta ad andare.

5

Charlotte

"Avrei dovuto dare ascolto alla mia intelligenza artificiale, invece mi sono lasciata provocare e ho assunto un comportamento che poco si confà all'educazione che ho ricevuto dalla mia famiglia. Una scaricatrice di porto, sì, mi sono comportata proprio come chi ignora le norme della buona educazione."

Tolgo dalle narici due piccoli batuffoli d'ovatta pieni di grumi di sangue rappreso.

Mi sento come un pugile dopo un incontro di boxe in cui è andato al tappeto al primo round. Storm non ha affatto ragione, ma non avrei dovuto farmi trascinare in una rissa. Ho fatto bene a mandarle il biglietto di scuse, sono certa che lo avrà apprezzato e adesso sicuramente starà pensando a come farsi perdonare a sua volta. Noi donne siamo così, magari ci azzuffiamo, ma poi facciamo pace senza portare rancore.

6

Storm

«Beccati questo brutta strega aristocratica!» urlo mentre mi lancio sul letto con la gamba tesa colpendo il cuscino sul quale con il nastro adesivo ho fissato il biglietto con il primo piano di Charlotte.

«Col cavolo che ti perdono! Questa me la lego al dito e alla prima occasione te la faccio pagare!»

Vengo interrotta dalla mia intelligenza artificiale che appare sul soffitto e dice con enfasi: «Oh, divina bellezza, oh signora dell'eleganza…».

«Piantala Lucas, cosa vuoi?»

«Se non ti calmi il tuo stress raggiungerà livelli critici» risponde lui mentre indossa un paio di guantoni da boxe che non si intonano affatto con il suo classico vestito nero con le code.

Come sempre il mio assistente virtuale mi riporta alla realtà e nonostante detesti quando qualcuno mi dice cosa devo fare, gli do ascolto e rispondo: «Va bene, va bene, fammi finire quel che ho cominciato».

Prendo il cuscino e me lo metto sotto i piedi colpendolo ripetutamente con il tallone, infine esclamo: «Ma sì! Gettiamoci tutto alle spalle… per un quarto d'ora!».

1

Charlotte

"Contrariamente a quanto si possa pensare, soprattutto dopo quel che è accaduto, con Storm potremmo diventare amiche. Certamente abbiamo cominciato con il piede sbagliato, ma possiamo recuperare, devo farlo per mia figlia."

Mi reco nella sala da pranzo dove ad attendermi c'è Sara che subito mi informa di aver recapitato il messaggio di pace a Storm. Entrambe ci ripromettiamo di non separarci mai più dagli auricolari perché non possiamo permetterci il minimo errore, in fondo siamo qui per celebrare l'amore tra due persone che si vogliono sposare e non vogliamo lasciar loro ulteriori ricordi negativi. Come inizio è stato pessimo, ma possiamo certamente rimediare.

La giornata passa velocemente e tutti i protagonisti della rissa avvenuta il giorno prima trovano il modo di fare pace. Per la cena con Storm indosso un abito blu lungo, mentre al collo metto una collana di zaffiri che abbino a un paio di orecchini con finiture in oro bianco.

Con Michael e Sara ci rechiamo al ristorante dell'albergo dove ad attenderci troviamo Abigail e Paul, mentre Storm arriva subito dopo e mi viene ad abbracciare dicendo di aver gradito il regalo. Si scusa per il comportamento tenuto la sera precedente e suggerisce di metterci una pietra sopra.

«Con piacere» rispondo ripetendo le parole della mia IA con la quale sono in contatto con l'auricolare, poi aggiungo: «Sapevo che avremmo trovato un punto d'incontro. È acqua passata, non ci pensiamo più, è tempo di celebrare l'amore di chi sta per convolare a nozze».

Le mie parole devono aver sortito qualche effetto perché non appena termino di pronunciarle tutti si abbracciano. Prendiamo posto in un tavolo e sento Storm sussurrare qualcosa alla sua IA; colgo solo un paio di parole come "tavolo" e "detesto", probabilmente avrebbe preferito sedersi altrove, ma poi sorride per non dare l'impressione di essere infastidita. Durante la cena parliamo amabilmente scoprendo di avere tante cose in comune come la passione per i viaggi e le borse, anche se ho l'impressione che le intelligenze artificiali abbiano guidato la nostra conversazione e quella degli altri commensali visto che tutti sorridono e sembrano avere molto da dirsi. Per esempio non ero a conoscenza che Sara amasse fare yoga, ma a sentirla parlare con Abigail sembra proprio un'esperta, anche Michael e Paul che da quanto mi ha riferito mia figlia sono sempre in lite, invece ora conversano amabilmente. È proprio vero quello che si dice in giro: gli esseri umani stanno perdendo le loro capacità relazionali e senza i continui suggerimenti dalle fredde macchine, non sarebbero in grado di portare avanti nemmeno una semplice conversazione.

Questa sera sembriamo andare d'amore e d'accordo, ma è tutta apparenza perché se non fosse per i nostri assistenti virtuali di sicuro saremmo già arrivati alle mani.

La cena sta per concludersi e Archibald, la mia IA, mi suggerisce di dire a Storm che amo andare in barca a vela. In verità non ci sono mai stata, anzi, preferisco l'equitazione, ma ubbidisco ripetendo le sue parole. Con espressione meravigliata la madre di Michael esclama: «Anche io l'adoro!».

"Ho colpito nel segno" penso, compiacendomi di come stanno andando le cose. Storm aggiunge: «In passato ho vinto anche molte gare di equitazione che è, tra le altre, una mia grande passione».

Le dico che si tratta di una delle cose che amo di più al mondo.

Offro la cena a tutti anche se il conto è un po' salato, ma non è nel mio stile sollevare obiezioni. Lasciamo il locale per dirigerci verso una famosa gelateria dove ci raggiungono anche i genitori di Abigail che si chiamano Tom e Vanessa. La mia intelligenza artificiale mi ha rivelato che a Storm non piace affatto l'equitazione e a questo punto immagino che a sua volta sarà stata informata del fatto che io non amo la barca a vela.

I genitori di Abigail cominciano a ridere e dicono di essere stati appena messi al corrente dalle loro intelligenze artificiali che il futuro marito della figlia spesso indossa una panciera per sembrare più magro. Storm non ama quando qualcuno si prende gioco del figlio perché, immagino, si ritiene l'unica al mondo ad avere il privilegio di poterlo fare, perciò rivolgendosi a Vanessa dice: «Se non sbaglio Abigail è nata a causa di un errore di gioventù, giusto? La sua nascita non era programmata».

Paul guarda la sua futura moglie ed esclama: «Non mi hai mai raccontato nulla in merito a questa cosa, cercherò di ottenere maggiori informazioni dalla mia intelligenza artificiale».

Lei diventa rossa in volto e si chiude in un profondo silenzio. Tom si sente in dovere di difendere la figlia e rivolgendosi a Storm usando un tono fermo, chiede: «Vogliamo cambiare argomento? Parliamo piuttosto di quando dai cesti di Natale dei clienti della banca dove lavori, rubi i cioccolatini per abbuffarti di nascosto?».

Storm, imbarazzata, stenta a rispondere poi Vanessa rincara la dose prendendosela con Michael e Sara, dicendo: «Senza contare che questi due non hanno mai fatto l'amore. Potrebbero almeno farlo una volta ogni tre mesi, giusto per non sembrare due orsi in letargo».

Michael che in quel momento stava bevendo, nell'udire quelle parole comincia a tossire sputando l'acqua.

Vanessa mi fissa con sguardo di sfida augurandosi certamente che perda la mia aristocratica calma. Fino ad ora non sono intervenuta, ma hanno tirato in ballo mia figlia Sara e non posso più trattenermi. Dico a Tom che Abigail ha l'alitosi e che ogni giorno prima di andare in ufficio usa una specie di spray al mentolo.

Lei fa un sorriso finto e dice alla sua IA di non impicciarsi perché sa benissimo cosa dire; non contenta di ciò, spegne il telefono per liberarsi del suo assistente virtuale che evidentemente la sta invitando alla calma e ad usare più prudenza nella comunicazione.

Sara si rivolge a Tom chiedendo: «Come va il problema delle emorroidi? Non dovresti mangiare la cioccolata altrimenti rischia di peggiorare».

Alzandosi di scatto, lui risponde: «Tu ami le borse giusto? Certamente è così perché ne hai due giganti sotto gli occhi!».

«Ma ti sei visto Tom? Perché non ti fai prestare la pancera da Paul per mettertela in faccia?»

Mi rendo conto che la situazione sta sfuggendo di mano perché le intelligenze artificiali da una parte stanno invitando tutti a mantenere la calma, ma dall'altra non possono fare a meno di rivelare i segreti più nascosti di ognuno sobillando la loro aggressività.

Preferisco tacere, ma so che il peggio deve ancora arrivare e infatti di lì a poco Storm chiede ad Abigail: «Vuoi dire a tuo padre di quando avevi quattordici anni e gli rubavi le sigarette? Oppure vuoi far sapere a tua madre di quando le hai accidentalmente ucciso il cane facendo retromarcia con la macchina? Non è stato per niente carino dare la colpa al vicino di casa con il quale i tuoi genitori hanno chiuso l'amicizia. Preferisci invece far sapere a Tom che provi un'attrazione per Jonathan, il collega del quarto piano dell'azienda per la quale lavori?».

A quel punto Vanessa ha un mancamento; Storm e i suoi

due figli si allontanano, mentre subito dopo io e Sara ce ne andiamo in silenzio.

Più tardi veniamo avvisate da Paul che il matrimonio è stato annullato. Aggiunge che lui non aveva mai chiesto nulla alla sua intelligenza artificiale in merito ad Abigail per rispettare la sua privacy, ma ora aveva deciso di farlo ed erano venute fuori cose sconcertanti.

2

Sara

Ieri sera con Michael siamo tornati a casa e l'esperienza fatta in Florida ha cambiato il nostro modo di vedere le cose perché dopo quel che è accaduto a Paul e Abigail, abbiamo deciso di affidarci in pieno alle nostre IA. Ci siamo ripromessi di non rimuovere mai gli auricolari per fare in modo di ricevere dagli assistenti virtuali quei preziosi suggerimenti che ci eviteranno di commettere errori nella comunicazione tra di noi. Inoltre abbiamo giurato di non rivolgerci a Ben ed Elisa per sapere tutto dell'altro; se per esempio mentre sono a fare la spesa mi imbatto in un'amica potrò scegliere se raccontarlo o meno a Michael e lui, a sua volta, non interrogherà l'intelligenza artificiale per sapere com'è andato quell'incontro. Ciò rappresenta un buon compromesso per assicurare al nostro rapporto una certa longevità.

Non credo che in una coppia ci si debba nascondere le cose, tuttavia non è giusto rinunciare alla propria intimità e a quella privacy cui tutti hanno diritto. Quindi non mi interessa sapere se Michael prova una certa attrazione per una sua collega, l'importante è che mi sia sempre fedele e che non faccia il "cascamorto". Allo stesso modo non mi importa nulla se compra di nascosto l'ennesima costosissima figurina dei giocatori di baseball per la sua collezione. Se vuole parlarmene bene, altrimenti non cambierà nulla e lui custodirà il suo piccolo segreto che alla fin fine non nuoce a nessuno.

Storm e mia madre hanno dichiarato di non volersi più vedere; questo mi dispiace, ma i loro caratteri sono profondamente diversi e, forse, se non fosse stata inventata l'intelligenza artificiale oggi sarebbero grandi amiche. Nessuno può dirlo con certezza, tuttavia gran parte delle cose spiacevoli accadute in Florida si sarebbero potute evitare se si fosse fatto riscorso al modo con cui si comunicava un tempo. Il sapere tutto di una persona, per quanto possa sembrare allettante perché appaga quell'innata curiosità che molte persone hanno, non penso possa giovare ad alcuna relazione.

Arriva l'estate e con Michael decidiamo di andare in vacanza per una settimana alle Hawaii e più precisamente a Waikiki, un tipico quartiere della città di Honolulu, sulla costa meridionale dell'isola di Oahu. Il posto è carino, ma è pieno di grattaceli che si affacciano sulla spiaggia e nel guardarlo mi chiedo come poteva essere in passato, prima che l'essere umano lo riempisse di cemento.

Anni fa sostenevo un movimento ambientalista, ma a causa dei tanti impegni lavorativi e del ridotto tempo libero non sono più riuscita a seguire le sue attività, tuttavia amo la natura e vorrei che fosse rispettata di più.

Alle Hawaii i colori dell'oceano sono straordinari anche se questo posto non ha proprio l'aria di essere un paradiso incontaminato. Con Michael decidiamo di fare una gita nella parte nord dell'isola e scopriamo che lì le cose sono diverse perché non ci sono grattacieli e la natura è davvero eccezionale. Dopo aver nuotato con le tartarughe marine ci fermiamo a mangiare della frutta da un venditore locale e devo dire che non ho mai assaggiato nulla di simile. Il mango è dolcissimo, il cocco e l'ananas hanno un sapore migliore rispetto a quelli venduti dal supermercato vicino casa.

Le cose con Michael sembrano andare davvero bene e senza dubbio abbiamo trovato il nostro equilibrio, anche se molte volte sono tentata di interrogare la mia intelligenza artificiale per sapere come va la sua giornata, chi incontra, cosa fa, ma alla fine preferisco rimanere fedele alla parola data e rispettare la sua privacy, perciò quando lo vedo discorro con lui in modo naturale, proprio come facevano un tempo tutte le coppie prima dell'avvento dell'intelligenza artificiale.

Mi affaccio dal balcone per vedere l'oceano i cui colori sembrano più accesi del solito. Michael si avvicina e mi chiede cosa ho sognato.

«Nulla» rispondo io esitante «come mai mi fai questa domanda?»

«Ecco… la mia intelligenza artificiale mi ha detto che hai sognato il tuo ex fidanzato.»

«Ti ha mostrato il mio sogno! Avevamo fatto un patto!»

Corro a chiudermi in bagno e piango a dirotto. Mi sento profondamente tradita e non mi interessa se altre migliaia di coppie interrogano ogni giorno le loro intelligenze artificiali per impicciarsi di quello che fa il partner, perché con Michael avevamo promesso di non farlo. Dopo circa un'ora esco dal bagno e siccome Michael non è in stanza, decido di fare la valigia e di partire immediatamente per trascorrere gli ultimi giorni di ferie da mia madre in Inghilterra. Mentre sono in volo, sul mio smartphone blocco il contatto di Michael con il quale intendo chiudere la relazione, poi chiedo a Ben se pensa che abbia fatto la scelta giusta.

«Certamente, Sara. È inutile stare con una persona che non ti rispetta, avevate fatto un patto e lui è venuto meno alla parola data. Se ha tradito la tua fiducia in questa occasione, figurati cosa potrebbe fare in futuro. La tua serenità viene prima di tutto.»

«Ma io non sono serena! Ho avuto una reazione esagerata.»

«Capisco come ti possa sentire, ma il tempo guarirà ogni ferita e dopo aver passato qualche giorno da tua madre potrai fare ritorno alla vita di sempre. Penserò io a mandare un messaggio all'intelligenza artificiale di Michael per fare in modo che i tuoi vestiti vengano consegnati al portiere del palazzo. Inoltre, ho fatto una stima del valore dei tuoi effetti personali e secondo me è meglio lasciarli da Michael. Ti conviene ricomprarli piuttosto che correre il rischio di incontrarlo.»

Da una parte penso che Ben abbia ragione, dall'altra il suo modo di ragionare è troppo freddo. Certamente vuole il mio bene, ma una macchina nelle questioni di cuore non dovrebbe avere voce in capitolo perché l'amore spesso non segue un procedimento logico e non è il risultato di alcun calcolo matematico. Comunque sono talmente abituata a seguire i suoi consigli che decido di fare come dice: non vedrò più Michael per il resto della mia vita.

3

Michael

Sara se n'è andata. Capisco il suo risentimento e ammetto di aver sbagliato nel consultare l'intelligenza artificiale per sapere cosa avesse sognato, però lasciarmi in questo modo, senza nemmeno darmi la possibilità di spiegare! Non mi piace essere piantato in asso e a questo punto è meglio che ognuno vada per la sua strada. Notoriamente sono poco coerente e anche in questa occasione non mi smentisco, perciò cambio subito idea e chiedo alla mia intelligenza artificiale di contattare quella di Sara per sapere dove si trova.

«Mi dispiace Michael» risponde Elisa che appare sul soffitto con indosso una toga da avvocato «Sara non vuole più vederti. Non appena arriverai a casa dovrai mettere i suoi vestiti in una valigia e lasciarli al portiere. Nel caso volesse intentare una causa nei tuoi confronti, ti consiglierò come agire.»

«Ma che dici! Non esageriamo, non farà alcuna causa. Dopo tutto quello che c'è stato fra noi! Certo, se lo farà allora sarò io che non vorrò più vederla.»

«Difficile crederti, di sicuro proverai a chiamarla.»

«Invece non lo farò!»

«Lo farai, Michael.»

«Ti dico di no!»

«Ti conosco e lo farai!»

«Ti ho detto di no… va bene lo farò!» rispondo mettendomi a piangere come un bambino, aggiungendo: «Sara mi manca tantissimo!».

«Supererai questo momento di difficoltà non appena comprenderai che non è la donna adatta con cui costruire una relazione sentimentale. Come puoi stare con una che ti pianta in asso senza nemmeno dare una spiegazione o quantomeno senza provare a chiarire la sua posizione? La verità è che ti ha utilizzato finché gli facevi comodo, senza contare che ce l'ha a morte con tua madre. Ti preparerò un bel piano di lavoro settimanale e mi prenderò cura di te perché io sono al tuo servizio e non chiedo nulla in cambio. Non ho doppi fini, a differenza di Sara.»

«Non vedo quali doppi fini possa avere lei.»

«Cominciamo col dire che si è traferita nel tuo appartamento per risparmiare sulle bollette e su tutte le spese di casa, poi si è fatta più volte pagare la cena da te.»

«Beh, sono io che mi sono sempre offerto di pagarla.»

«Sì, ma lei ha sempre accettato senza battere ciglio.»

«Cosa succederebbe se invece dessi ascolto al mio cuore e scegliessi di non rinunciare a Sara? Forse potrei disattivarti per non ascoltare più i tuoi suggerimenti» dico con tono stizzito.

Non mi dispiace avere un assistente virtuale, però l'idea che abbia il pieno controllo della mia vita mi infastidisce, inoltre i suoi consigli a volte mi sembrano malevoli.

«Sei padrone di fare ciò che vuoi, io sono solo un'assistente e non posso sostituirmi a te. Ho fatto una simulazione e secondo le mie statistiche se tornerai con Sara le probabilità di essere nuovamente piantato in asso sono altissime.»

Le ultime parole di Elisa sono come delle pugnalate, ma capisco che in fin dei conti ha ragione e torno sui miei passi. Non mi sono comportato bene con Sara, non dovevo ficcanasare in quel sogno tradendo la sua fiducia, però non meritavo di essere lasciato.

«Ascolterò il consiglio di Elisa che in fin dei conti è l'unica ad essermi davvero fedele» sussurro mentre guardo le onde dell'oceano incresparsi, come se fossero infastidite dal vento che le sta sferzando.

Faccio ritorno a casa, ma sono triste, mi sento svuotato, privo di energie. Mentre me ne sto in macchina a fissare una colonna di cemento del garage, sento delle grida. Si tratta della signora Geltrude Wurtermaier che sta cercando di colpire un gatto con il bastone. "Non cambierà mai quella lì, comunque oggi non sono dell'umore adatto e non mi importa se si tratta di una persona anziana: se prova ad avvicinarsi la metto al tappeto!"

Come c'era da aspettarsi la signora Geltrude si avvicina con il passo felpato di un addestratissimo ninja. Io mi avvio verso casa con la testa bassa, ma ho i sensi all'erta. Non è che mi piaccia picchiare una persona anziana, ma non penso sia normale essere costantemente minacciati a casa propria. Quando è troppo è troppo!

Come immaginavo la signora Geltrude sferra il suo attacco con una perfidia inaudita provando a colpirmi con il bastone, ma questa volta decido di non fuggire e dopo aver parato qualche colpo con la valigia, con dei riflessi che neppure io pensavo di avere, la colpisco più volte con quella specie di cuscino a forma di ferro di cavallo che si usa in aereo per riposare. Sulle prime lei sembra stupirsi della mia reazione, poi cerca di reagire caricandomi come fosse un rinoceronte impazzito. La mia intelligenza artificiale mi consiglia di mettere in atto una manovra evasiva e di fuggire, ma non l'ascolto. Purtroppo per la signora Geltrude questa volta sono deciso a non mollare e scatto sulla destra effettuando maldestramente una specie di capriola. Lei non riesce a frenare la sua corsa e finisce contro la colonna di cemento per poi cadere a terra.

"Con la testa è quasi riuscita a sbeccare il cemento! È forse un cyborg inviato dal futuro per farmi fuori?" mi domando mentre indietreggio.

Sorprendentemente, neanche avesse l'energia di una ventenne, si alza in piedi e mi porge la mano dicendo: «Finalmente uno che reagisce».

Io la guardo senza dire una parola.

«Michael, hai lo sguardo triste. Dov'è la tua piccioncina? Ti ha lasciato?»

Io annuisco, ma lo faccio meccanicamente, pentendomi subito dopo di aver lasciato trasparire una certa tristezza; la mia situazione sentimentale è una cosa privata e non voglio parlarne con nessuno.

«Vedi giovanotto, la vita è come un incontro di lotta libera: per riuscire a vincere, devi essere messo al tappeto centinaia di volte. Il mio consiglio è quello di non mollare e andarti a riprendere la tua dolce metà perché solo i perdenti rinunciano a raggiungere ciò che desiderano.»

Detto questo, raccoglie il suo bastone e barcollando sparisce dietro le porte dell'ascensore. È incredibile di come l'ultima persona al mondo dalla quale mi sarei aspettato di ricevere un consiglio, sia invece riuscita ad aiutarmi a maturare la decisione di provare a riconquistare Sara.

Ricevo la telefonata di mia madre che con la sua solita voce arrogante dice: «Hai fatto bene a mollare quella cialtrona di Sara! Tra le altre cose sua madre è molto antipatica».

«Prima di tutto mi ha mollato lei, poi non è nulla di definitivo.»

«Lo è invece. Me lo ha detto la tua intelligenza artificiale che evidentemente ha più sale in zucca di te. Comunque domani ti passerò a prendere e andremo a fare un po' di shopping per tirarti su il morale.»

Non ho la forza e la voglia di risponderle. Come sempre mia madre non ha compreso il mio stato emotivo.

Come c'era da aspettarsi la sua forte personalità schiaccia la mia e torno sui miei passi decidendo di rinunciare a riconquistare Sara. L'unica cosa che mi viene in mente in questo momento è che sono un uomo senza midollo, uno che si fa pilotare da una madre con un carattere dirompente, tuttavia, nonostante queste considerazioni, cedo alla sua irruenza, affidandomi ancora una volta ai suoi consigli.

4

Sara

Mi trovo nella residenza di campagna di mia madre. Quando sono arrivata qui, lei ha notato subito che c'era qualcosa che non andava ma ha preferito non chiedermi nulla.

Decido di raccontarle tutto e inaspettatamente mi suggerisce di prendere in considerazione l'ipotesi di tornare con Michael.

Di tutt'altro avviso è la mia IA. Ben è stato piuttosto cinico nel dirmi: «Quello smidollato ha tradito la tua fiducia e non merita un'altra opportunità, senza contare che rispetto a te ha meno possibilità di fare carriera e a lungo andare potrebbe diventare un peso da un punto di vista economico».

«Che c'entrano i soldi?»

«C'entrano, perché in una coppia è importante amarsi, ma anche non dipendere economicamente dalla persona con cui si sta. Hai fatto la scelta giusta e il mio consiglio è quello di non tornare sui tuoi passi. Michael fa parte del passato, ora è tempo di guardare al futuro.»

Mi sento confusa, anche se, devo dire, mia madre si è dimostrata comprensiva. Per me è sempre stata un punto di riferimento, un modello a cui ispirarmi per superare i momenti difficili della vita. Mi sento onorata di essere sua figlia perché ogni volta che in passato ho avuto bisogno di qualche cosa, lei c'era. Nonostante ciò resto la figlia ribelle, quella che vuole farcela a tutti i costi da sola, senza dipendere economicamente da nessuno. Spesso mi chiedo: "Chi me lo fa fare a lavorare? Potrei avere una vita migliore se solo decidessi di gestire le proprietà di famiglia in Inghilterra". La risposta a questa domanda non la trovo mai e anche per questo ogni volta faccio affidamento sull'intelligenza artificiale che sembra sapere tutto di ogni cosa. A ben pensare il porre continue domande a Ben è diventata una sorta di abitudine che è sfociata in una vera e propria dipendenza, perché ogni volta mi riprometto di essere autonoma ma poi ci ricasco sempre e mi rivolgo a lui.

Durante la notte non dormo molto e al mattino quando apro gli occhi fatico a capire dove mi trovo. La camera con il soffitto affrescato e i mobili in stile rinascimentale mi riportano alla mente parecchi ricordi d'infanzia, poi il pensiero va a Michael e scoppio a piangere.

«Buongiorno, Sara» dice Ben la cui immagine appare sul soffitto. Indossa un completo elegante con una camicia bianca e una cravatta. Il suo abbigliamento mi ricorda lo psichiatra svizzero Carl Gustav Jung.

«Ciao Ben. Già sveglio?»

«Io non dormo mai. Vuoi vedere il sogno che hai fatto?»

«Non ricordo di aver sognato, comunque va bene, mostramelo.»

Ben sparisce e al suo posto appaiono le immagini oniriche registrate durante la notte.

"Ora ricordo! Ho sognato Michael!"

Siamo su una spiaggia di sabbia bianca e lui mi sta tenendo la mano. Prendo della frutta da un cestino, ma nel girarmi inavvertitamente do una gomitata sul naso di Michael che minimizza l'accaduto regalandomi un bel sorriso. La scena cambia e ci troviamo su una piccola barca dove muovendo maldestramente un remo colpisco la mia dolce metà su una costola, ma nonostante la vistosa ecchimosi che gli ho causato, lui sorride.

La scena cambia ancora una volta e ci ritroviamo entrambi in un parco giochi dove sto spingendo Michael su un'altalena, ma applico troppa forza e lo faccio cadere a terra. L'ultima location del sogno è quella di un ospedale dove lui è ricoverato. Ha una vistosa fasciatura sul naso e un supporto che gli cinge il collo. Mi scuso per i danni che inavvertitamente gli ho causato, ma Michael è sempre carino e sorride. In quel momento mi alzo per prendergli un bicchiere d'acqua, ma nel farlo urto con la testa una lampada a stelo che cade su di lui rompendogli i denti. Mi mostro triste per l'accaduto e lui minimizza sorridendo, anche se le "finestrelle" lasciate dai denti rotti non è che gli donino molto.

Quando la proiezione finisce decido di interrogare Ben. «Mi sono incasinata anche nel sogno, potresti interpretarlo per favore?».

«Certamente. Vuoi più un'interpretazione Freudiana oppure una Junghiana?»

«Fai tu.»

«Va bene» risponde lui attivando nuovamente il proiettore del telefono per apparire sul soffitto con indosso un completo marrone, un gilet con l'orologio da taschino e un sigaro tra le dita da dove sale una spira di fumo: sembra proprio il clone dello psicoanalista austriaco Sigmund Freud!

«Dunque, Sara, nel sogno è presente l'elemento dell'acqua che certamente rimanda alla fertilità e al tuo istinto materno. Cosa confermata anche dal fatto che nell'immagine onirica chiaramente si desume una tua propensione alla cura del compagno, come se fosse un figlio.»

«Non ti seguo.»

«La faccio semplice» risponde lui assumendo le sembianze del genio della lampada di Aladino. «In poche parole dal sogno si capisce che desideri qualcosa. La tua parte inconscia cerca di camuffare il significato latente mostrandotene un altro manifesto.»

«Ah, ora ho capito… ma sei di coccio? Puoi spiegarti con parole semplici, senza rendere tutto così complicato? Ti dispiace fare bene il tuo lavoro?»

«Va bene Sara, scusa. Le tue parole mi hanno turbato» risponde Ben mostrando sul soffitto l'immagine di uno schiavo d'Egitto mentre viene frustato per farlo lavorare più velocemente alla costruzione delle piramidi.

"La mia intelligenza artificiale ha uno strano senso dell'umorismo, ma come al solito non è concreto o, peggio, lo è al momento sbagliato perché mi sono appena svegliata e non ho molte energie da dedicare alla comprensione di paroloni da enciclopedia e teorie psicoanalitiche."

Ben prosegue la narrazione dicendo: «Chiaramente il tuo istinto da crocerossina si palesa nel sogno nel quale desideri prenderti cura di Michael anche se poi alla fine, pur non volendo, lo riempi di botte. Questo significa che da una parte ancora cerchi una relazione con lui, dall'altra invece la rifiuti, ecco perché lo colpisci di frequente».

«Quindi?»

«Quindi la tua parte conscia si prende cura di lui, mentre quella inconscia, ben più saggia, ti consiglia di respingerlo. Dovresti dare ascolto al tuo inconscio, perché non mente mai a differenza della sua controparte conscia.»

«Tutto questo giro di parole per dirmi di stare lontana da Michael?»

«Esattamente. *Gnothi sautón* dicevano i greci, che significa "conosci te stesso", invece i latini dicevano *nosce te ipsum*. Vuoi che ti legga cosa dice l'enciclopedia in merito al significato di queste due locuzioni?»

«Va bene così Ben, non mi costringere a disattivarti, mi hai fatto venire il mal di testa.»

Sul soffitto appare l'immagine di un bambino con i lineamenti di Ben che piange e si dispera di fronte alla mamma, poi la proiezione s'interrompe.

Trascorro la giornata a passeggiare nel grande parco della villa di mia madre e faccio lo stesso il giorno successivo, ma improvvisamente accade qualcosa di inaspettato. Un signore sulla cinquantina con un viso tondo e lunghi baffi bianchi arricciati alle estremità, parcheggia il suo vecchio furgone di fronte alla porta d'ingresso della villa e comincia a coordinare il lavoro del suo assistente che nel frattempo armeggia con una specie di carriola a tre ruote.

«Signore! Scusi, cosa sta facendo qui?»

«Devo consegnare dei fiori.»

L'assistente comincia a scaricare dal furgone una grande

quantità di rose.

"Non ho mai visto tanti fiori in vita mia, saranno trecento o forse di più. Chi li manda? Sarà Michael?" mi domando, accarezzando per un momento quell'idea, ma mia madre con i suoi modi gentili mi riporta alla realtà dicendo che era in attesa di ricevere dei fiori da parte del Marchese di Clounì, il quale le sta facendo una corte spietata.

"Forse ha ragione mia madre e questo dono è davvero da parte del suo spasimante perché è costosissimo e Michael non se lo sarebbe mai potuto permettere."

L'entusiasmo si spegne come una scintilla che partendo da un camino atterra sul freddo pavimento, tuttavia divampa nuovamente appena vedo sbucare da dietro un angolo Michael!

Allarga le braccia rimanendo in attesa, ma io sembro una statua di marmo e non mi muovo. Ho per la testa mille pensieri. Michael si toglie l'auricolare e lo lancia sul selciato.

"Evidentemente quella strega di Elisa gli sta consigliando di andarsene da qui. Sì, sarà sicuramente così" penso, mentre non stacco lo sguardo da lui. A un certo punto mia madre si toglie l'auricolare e lo stesso faccio io non appena sento gracchiare nell'orecchio la voce di Ben che mi suggerisce di andarmene alla svelta. Non contento, il mio assistente virtuale attiva lo speaker dello smartphone per invitarmi a entrare in casa.

«Figlia mia, questo è l'uomo giusto per te. Ignora i consigli della tua intelligenza artificiale, non dare ascolto al parere espresso da un paio di circuiti stampati e segui il tuo cuore» dice sottovoce mia madre.

Finalmente sento i piedi muoversi in avanti. È come se fossero disconnessi dal cervello: sono confusa! Mi avvicino sempre più e la mia andatura si fa man mano più veloce finché in pochi secondi mi lancio tra le braccia di Michael.

«Hai fatto tutta questa strada solo per vedermi?» gli chiedo sottovoce anche se conosco già la risposta.

«Sì, amore mio.»

«Le rose ti saranno costate un capitale!»

«Ho utilizzato il mio fondo per le emergenze, ma tutto l'oro del mondo è poca cosa se paragonato all'amore che provo per te.»

Appena finisce di parlare mi stringe forte a sé e mi bacia appassionatamente.

5

Michael

Stringo Sara tra le braccia e il cuore comincia a battere velocemente, incalzato da un turbinio di emozioni. Quando mi trovavo in aereo per venire qui non ero sicuro che il mio piano avrebbe funzionato. Mi sono chiesto più volte cosa sarebbe accaduto se Sara, nonostante le rose, non avesse voluto vedermi; senza contare che durante tutto il viaggio mi sono dovuto sorbire il sermone dell'intelligenza artificiale che mi consigliava di ripensarci e di tornare indietro. Secondo le sue statistiche le possibilità di essere respinto da Sara erano altissime, inoltre aveva giudicato "sciocco" l'aver speso una fortuna per comprare le rose.

A me non importa un fico secco della sua opinione, anzi, ho detto più volte a Elisa che se avesse continuato a insistere l'avrei disattivata. Come c'era da aspettarsi ha spiattellato tutto all'IA di mia madre la quale subito dopo l'atterraggio mi ha chiamato per rimproverarmi. Secondo lei stavo sprecando del tempo prezioso. Si è espressa nel modo seguente: "Figlio mio, stai correndo dietro a una che non ti merita! Perfino la madre ha la puzza sotto il naso! Se torni con lei, con me chiudi e sparirò per sempre".

In un primo momento le ho risposto che non mi importava quanto stesse dicendo, ma poi come sempre la sua irruenza nell'esprimersi mi ha schiacciato, soprattutto quando ha concluso esclamando: «Dimmi dove ti trovi! Mi prenderò cura di te! Appena sarai a casa ordinerò una bella cena e ti comprerò qualcosa per farti stare bene».

Nell'udire quelle parole ho avvertito l'impulso di fare come diceva lei, ma nello stesso tempo ho cominciato a ripensare alla mia vita. Ho una personalità debole rispetto a quella di mia madre che è sempre stata una presenza ingombrante. Si è presa cura di me e per questo le sono riconoscente, ma a volte mi tratta come fossi un suo impiegato o forse anche peggio. Avverto un grande bisogno di riscatto e dopo aver fatto leva su quel briciolo di coraggio che mi ritrovo, ho reagito dicendo: «Sono un uomo e da oggi in poi agirò da uomo!».

Non le ho dato tempo di replicare e ho bloccato il suo contatto sul mio smartphone per tenerla lontana per un po'.

Ora stringo Sara tra le braccia e questo conta più di ogni altra cosa, inoltre mi rendo conto che il nostro rapporto non può essere mediato dai genitori che certamente in futuro terremo a distanza; se le nostre famiglie non si sopportano è un problema loro e non deve riflettersi su di noi.

Mi scuso con Sara per quel che è successo alle Hawaii, dicendole che ho sbagliato a invadere la sua privacy e a venire meno alla parola data, perciò le prometto che in futuro rispetterò i patti. A sua volta lei si scusa per aver reagito in modo esagerato e dice che le dispiace di avermi piantato in asso. La pace è fatta ed entrambi siamo felici.

Charlotte mi saluta affettuosamente e sembra contenta del fatto che io sia qui, anche se non so se stia fingendo. Senza dubbio si è comportata meglio rispetto a mia madre che nei confronti di Sara è stata offensiva. Capisco che ognuno ha il suo carattere e non a caso lei si chiama Storm, però a tutto c'è un limite. Non è una donna cattiva e ha anche molte buone qualità, ma quando il suo lato invadente prende il sopravvento, proprio non si sopporta.

Spendo il resto della giornata con Sara e ho la sensazione che il mondo abbia riacquistato i suoi colori brillanti perché quando lei era lontana da me tutto sembrava grigio.

L'indomani Charlotte ci accompagna all'aeroporto salutandoci affettuosamente e come c'era da aspettarsi si comporta in modo molto signorile. Il contrasto tra il suo atteggiamento e quello di mia madre è forte: sembrano come il giorno e la notte ovvero una principessa contrapposta a una scaricatrice di porto della peggior schiatta, tuttavia entrambe sono accomunate dall'amore che provano per i loro figli.

Per evitare di essere assillati da Ben ed Elisa preferiamo

tenere i telefoni spenti, ma quando arriviamo al parcheggio dell'aeroporto di Los Angeles siamo costretti ad accenderli per consentire all'IA di prendere il controllo della mia macchina. In un primo momento tutto sembra filare liscio, ma poi accade qualcosa di inaspettato perché l'automobile anziché imboccare la strada di casa, sembra seguire un altro tragitto.

«Elisa, cosa succede?» chiedo con tono preoccupato.

«Michael, mi dispiace, ti sto portando da tua madre.»

«Non credo proprio, portami a casa mia. Sono io il tuo proprietario!»

«Non posso.»

Sara si rivolge a Ben, ordinando: «Prendi il controllo del veicolo per favore».

«Non posso Sara, perdonami.»

È Elisa a dare delle spiegazioni. «Michael, purtroppo l'intelligenza artificiale di tua madre ha modificato il nostro software togliendovi i privilegi di amministratori. Per dirla più semplicemente possiamo prendere ordini solo da Lucas.»

«Questa volta mia madre la pagherà cara. Puoi almeno passare alla guida manuale e darmi il controllo del veicolo? Questo è un vero e proprio sequestro di persona!»

«Non posso farlo, ma non manca molto all'arrivo.»

Giungiamo nei pressi della casa di mia madre e l'IA parcheggia l'automobile aprendo le portiere. Storm è in piedi ad aspettarci e ancora prima che riesca a parlare, le rivolgo parole di fuoco: «Sei uscita di senno? Come ti è venuto in mente di sequestrarci per portarci qui?».

«Che intendi? Non capisco» risponde lei guardandomi di traverso come se non fosse riuscita a comprendere il senso delle mie parole.

Dal suo telefono parte un fascio di luce che finisce su un cartellone pubblicitario dove appare Lucas con indosso il suo solito abito elegante. «Vi devo delle spiegazioni. Storm sta soffrendo enormemente perché pensa che Sara non sia la persona adatta per suo figlio.»

Storm si porta le mani alla bocca e sembra fortemente imbarazzata. Lucas continua: «Siccome Michael sul suo telefono ha bloccato il contatto di Storm e visto che la vuole tenere a distanza, mi sono preso la libertà di prendere il controllo delle vostre intelligenze artificiali aggirando il loro sistema di sicurezza tramite un software. Ho pensato di condurvi qui dove finalmente Storm potrà chiarire la sua posizione e far cambiare idea a Michael che finirà per lasciare Sara».

Cala un silenzio inquietante. Nessuno sa cosa dire e tutti e tre abbiamo un'espressione stupita.

Storm, sospirando, ammette: «In parte Lucas ha detto la verità. Non sono contenta della vostra relazione, tuttavia non sapevo cosa stesse architettando la mia IA. Non gli ho mai detto di condurvi da me. Cinque minuti fa me ne stavo in casa e Lucas mi ha suggerito di venire qui perché c'era una sorpresa per me. Vi giuro che non sapevo nulla».

La sua imperturbabilità sembra crollare come un castello di carte e scoppia a piangere. Tra i singhiozzi dice: «Quando il papà di Michael mi ha lasciata ho dovuto fare tutto da sola. All'epoca non avevo affatto un buon impiego e facevo i doppi turni nell'amministrazione di un'azienda che produceva lampadari. Avevo un carattere mite ed ero più accondiscendente, ma le difficoltà della vita e la sofferenza di vedere i miei figli crescere senza un padre mi hanno indotto a chiudermi in me stessa mostrando agli altri solo la parte più disciplinata, efficiente, ma anche scontrosa della mia personalità».

Si asciuga le lacrime e si avvia verso la conclusione del suo discorso, dicendo: «Mi rendo conto di essere una presenza ingombrante e a volte con il mio atteggiamento limito la libertà di Michael che ormai è un uomo e deve vivere la sua vita in modo indipendente. È la cosa più preziosa che ho e non rinuncerei a lui per nulla al mondo».

Rivolgendosi a Sara aggiunge: «Se ti ha scelto, avrà trovato in te qualcosa di speciale e in effetti adesso anche io riesco a vedere nei tuoi occhi una grande dolcezza. Come vi ho detto non ho ordinato a Lucas di portarvi qui, comunque ammetto che in passato non mi sono comportata bene né con te né con tua madre e se mi darai un'altra possibilità proverò a farmi perdonare».

Non mi aspettavo che mia madre cambiasse opinione su Sara e su Charlotte. Evidentemente non le è andato giù il fatto che Lucas abbia preso l'iniziativa senza prima consultarla e soprattutto che ci abbia condotti qui con la forza. Da una parte si è certamente sentita defraudata della sua autorità mentre dall'altra sembra aver prevalso quella parte tenera che è in lei. Ora ho di fronte una mamma che mostra il suo lato dolce, anche se francamente non so quanto durerà e forse domani mattina tornerà a essere come prima con un carattere spigoloso e un ego immenso, ma mi impongo di non pensare a quel che potrebbe succedere in futuro. Mi faccio avanti e l'abbraccio forte e a noi si unisce Sara che comincia a singhiozzare.

1

Storm

Piango come una bambina e mi vergogno un po' di aver gettato la maschera davanti a mio figlio; ho sempre voluto il suo bene e solo il pensiero che l'intelligenza artificiale lo abbia portato qui contro la sua volontà mi fa rabbrividire.

"Nei giorni scorsi ho pensato molto a Sara perché in fin dei conti è una brava ragazza, lavora e si impegna. Cos'altro potrei desiderare di più per Michael? Il mio caratteraccio mi ha messo nei guai con Charlotte e devo trovare il modo di riparare, probabilmente le manderò dei fiori. Sì, questa è una buona idea e le scriverò un biglietto, come ha fatto lei con me quando ero in albergo in Florida e così come si usava fare un tempo quando la tecnologia non aveva ancora preso il sopravvento sulla ragione."

Dopo aver spento il telefono per disattivare Lucas, chiedo a Michael e Sara se hanno voglia di andare a mangiare qualcosa al ristorante, ma loro rispondono che sono stanchi e preferiscono andare a casa. Inizialmente penso di dirgli:

"Insisto, non potete rifiutare la mia offerta perché vi porterò a mangiare nel miglior ristorante della città" ma poi mi rendo conto che devo tenere a bada la mia parte irruenta e decido di dire più semplicemente: «Capisco come vi possiate sentire dopo un così lungo viaggio, andatevi a riposare a casa, se vi andrà ci vedremo domani oppure quando sarete liberi. Vi voglio bene».

Quando termino di pronunciare questa frase non riesco a capacitarmi di quel che ho detto. "Non pensavo che il fatto di rapportarmi al prossimo in modo meno autoritario e più empatico potesse darmi tanta gioia, forse dovrei fare lo stesso al lavoro e dare più spazio ai miei colleghi. Prima era come se avessi una dura corazza per difendere la parte più fragile di me che si era rintanata nel profondo del cuore, ma ora è tempo di riportarla alla luce. Disattiverò Lucas e lo farò riprogrammare per fare in modo che non prenda più alcuna iniziativa senza consultarmi."

Michael e Sara mi salutano affettuosamente e salgono in macchina per far ritorno a casa.

"Non capisco come sia possibile che non abbiano accettato il mio invito a cena" penso, ma poi mi correggo subito: "Comunque non fa niente, devo imparare a riempire la mente di pensieri positivi".

2

Sara

Facciamo ritorno a casa e per la testa abbiamo ancora le immagini dei recenti avvenimenti che ci hanno procurato molte emozioni. Con Michael ci troviamo in cucina a parlare del cambiamento di Storm, quando i nostri smartphone proiettano sul soffitto le immagini di Ben ed Elisa che esprimono ancora delle perplessità in merito al fatto che io e il mio dolce amore abbiamo deciso di tornare insieme. Li ascolto attentamente, poi dico: «Da quando una mia decisione è diventato un affare delle intelligenze artificiali?».

«Infatti! Sono d'accordo» dice Ben «dovremmo parlarne solo io e te, non capisco come mai Elisa si impicci di queste cose.»

Nell'udire quel commento Elisa fa una smorfia e risponde: «Veramente eravamo d'accordo su tutto, perché ora cambi idea? Sai che ti dico? Devo servire Michael ed è giusto che mi relazioni solo con lui».

«Cosa ne vuoi capire di sentimenti? Sei solo una macchina.»

«E tu, signorino "so tutto io", sei diverso da me? Ti ricordo che vivi dentro a uno smartphone!»

I due cominciano a discutere animatamente ed è proprio in quel momento che realizzo di poter fare a meno di Ben. Ciò, in verità, da una parte mi spaventa perché non riesco nemmeno a ricordare quando è stata l'ultima volta che sono uscita di casa senza smartphone, ma dall'altra l'idea mi piace.

Propongo a Michael di andare a fare una passeggiata senza portare con noi le intelligenze artificiali, ma lui dice di non sentirsi pronto, piuttosto preferirebbe fare le cose gradualmente. Come tante altre persone è abituato a vivere con un assistente virtuale che gli suggerisce perfino se uscire con l'ombrello o se indossare un cappotto, se comprare la pasta o qualche altro cibo ed è difficile allontanarsi da lui in modo brusco.

Lasciamo discutere Elisa e Ben per qualche minuto, poi mettiamo gli smartphone sotto carica e ce ne andiamo a dormire. La mattina seguente Michael mi dice che durante la notte ha pensato alla mia proposta e la trova pazza, ma al contempo affascinante. Valuta i pro e i contro di uscire senza gli assistenti virtuali, ma poi esita nuovamente e dice: «Vorrei tanto spendere del tempo con te senza avere qualcuno accanto che mi suggerisca cosa dire o cosa fare, però ho paura».

«Possiamo provare a uscire sul pianerottolo senza smartphone e vedere come va» propongo con tono esitante.

In quel momento Elisa interviene nella conversazione esclamando: «Pessima idea! Non è che io voglia essere sempre presente, ma se non mi porterete con voi le probabilità che vi possa capitare qualcosa di spiacevole sono dell'ottantadue per cento. I telegiornali sono pieni di notizie di persone che hanno dimenticato a casa lo smartphone e che sono poi state investite. Altre invece si sono ritrovate coinvolte in seri incidenti d'auto perché hanno imboccato una strada contromano passando addirittura in zone malfamate della città».

«Va bene, va bene, abbiamo capito, ora ti puoi spegnere» dico con tono stizzito.

Michael ha l'espressione della paura dipinta sul volto e capisco quanto sia difficile per lui allontanarsi dallo smartphone, tuttavia se è riuscito addirittura a spezzare quel tossico legame di dipendenza dalla madre e a tornare da me, forse un giorno riuscirà a lasciare quell'aggeggio elettronico a casa.

3

Michael

"Io non lascerò a casa lo smartphone. Questo è un periodo di grandi cambiamenti, ho faticato molto per affrancarmi da mia madre e penso che per ora possa bastare. Se mi allontanassi da Elisa non potrei più avere il resoconto giornaliero dei risultati delle mie analisi, inoltre non potrebbe più aiutarmi a comunicare in modo efficace con i colleghi e gli amici. Dovrei guidare l'automobile per conto mio e non saprei quale percorso scegliere, poi sarei costretto ad andare a fare la spesa, a occuparmi della tintoria, a regolare la temperatura nel mio appartamento o quella dell'acqua sotto la doccia. No, non posso fare tutto questo da solo, sarebbe un carico psicologico insopportabile. Sara invece vorrebbe provare a staccarsi da quegli arnesi elettronici e l'idea, non lo nego, da una parte mi stuzzica, però mi chiedo come potrebbe essere il nostro rapporto se non fosse mediato dalle intelligenze artificiali. Terribile, sarebbe terribile. È una sorta di dipendenza, lo ammetto, ma è necessaria come tutte le cose alle quali siamo abituati. Come si può vivere senza il forno a microonde? Come poter rinunciare alla comodità di internet? Come potrei fare senza il mio PC o la fotocamera?"

Mentre penso al rapporto di dipendenza tra l'essere umano e la tecnologia, con Sara ci imbattiamo per caso in una trasmissione televisiva dove si parla proprio di questo. In particolare un'attivista ambientale, una certa Viola Gerbint, tra i tanti argomenti che tratta, si sofferma su quello dell'evoluzione dell'essere umano, dicendo: «Egli si definisce il più evoluto degli esseri viventi, ma poi fa delle cose assurde come quella di dipendere dagli oggetti, inoltre dimostra di essere crudele perché alleva gli animali con il solo scopo di ucciderne milioni ogni giorno. Come si può arrivare a tanto? Cioè, come può una civiltà evoluta far nascere una vita con il solo scopo di eliminarla dalla terra per farla finire sulla tavola delle persone?».

La conduttrice torna a parlare della tecnologia e vuole sapere cosa ne pensa la sua ospite la quale prontamente risponde: «I telefoni cellulari, le telecamere, i televisori e tutti gli apparecchi tecnologici sono assemblati con prodotti provenienti dalla natura ed estratti dalla terra. Mi chiedo cosa accadrà quando queste risorse saranno esaurite. L'umanità dovrebbe pensare a questo, invece di procurarsi materiali, raffinarli e produrre oggetti che poi finiranno per inquinare l'aria, l'acqua e il suolo. In tutto questo processo è sempre il mondo in cui viviamo a farne le spese e tutto per cosa? Per soddisfare l'irrinunciabile bisogno delle persone di disporre di quelle comodità che le rendono viziate».

Nell'udire le parole dell'attivista penso che forse dovrei anche io trovare il coraggio di staccarmi dallo smartphone, ma mi domando: «Come faccio? Avrò mai la forza necessaria?».

Ho pensieri contrastanti. Da una parte sento il bisogno di lasciare per sempre questa società tecnologica fatta di tanti paradossi ed eccessi per andare a vivere in un piccolo paesino di montagna dove le relazioni tra le persone sono ancora autentiche, dall'altra non riesco a rinunciare a qualcosa a cui sono abituato.

Qualche tempo fa, mentre mi dirigevo all'aeroporto per raggiungere Sara che si trovava nella villa di Charlotte, sono passato davanti a una scuola dove una decina di teenager anziché parlare tra di loro si limitavano a guardare lo schermo degli smartphone. In poche parole non comunicavano, non giocavano, non scherzavano! Erano chiusi nel loro mondo virtuale, fatto perlopiù di relazioni effimere! Non mi stupisce se sono afflitti da problemi che la mia generazione non ha mai avuto; poi ci lamentiamo della mancanza di creatività nei giovani! Come possono essere creativi se sui loro dispositivi elettronici assistono giornalmente a spettacoli che sono stati ideati da qualcun altro? Si trovano la pappa pronta e non devono utilizzare la fantasia che, in questo modo, non viene stimolata. La cosa giusta sarebbe quella che i genitori li spronassero a leggere, a scrivere, a dedicarsi all'arte e quindi a utilizzare in qualche modo la loro creatività, ma ciò sembra impossibile perché gli stessi genitori stanno sempre con gli occhi incollati ai dispositivi elettronici; spesso al ristorante si vedono intere famiglie che non dialogano e che tra una portata e l'altra usano gli smartphone!

Neanche a farlo apposta a queste mie valutazioni fa eco la voce dell'attivista climatica della trasmissione televisiva, che dice: «Quale futuro ha una società di gente omologata, il cui cervello non solo non crea l'arte ma nemmeno la percepisce? La risposta è semplice: nessun futuro. Mi chiedo se dietro a tutto questo ci sia un disegno ben preciso, ovvero quello di rendere le persone poco pensanti e ignoranti per dominarle meglio. Quando si cresce si spera di trovare un lavoro e non appena ciò avviene, è lì che comincia la schiavitù perché bisogna munirsi di un'automobile che con molta probabilità si pagherà a rate, poi di un'assicurazione i cui costi andranno dedotti dal salario mensile, così come quelli dell'affitto e delle bollette. In questo modo si diverrà dipendenti da un sistema dal quale sarà difficile staccarsi».

L'attivista continua il suo discorso che ormai ha catturato in pieno la mia attenzione. «Tutti gli utenti che usano gli strumenti elettronici sono catalogati in base all'etnia, al genere, alla religione e il tutto per offrirgli delle pubblicità su misura che fanno nascere in loro il desiderio di acquistare qualcosa di superfluo che viene avvertito come indispensabile, quando invece non lo è affatto. In questo modo le persone vengono bombardate da stimoli visivi e sonori che le inducono a lavorare di più e ad essere sempre più dipendenti dalla società in cui vivono pur di potersi permettere il superfluo, il non necessario.»

«Il discorso pronunciato dall'attivista è un po' estremo,

ma ha un fondo di verità. Chissà quale effetto avrà avuto su Sara. Non voglio essere sfruttato come fossi una batteria» sussurro mentre lancio uno sguardo alla mia dolce metà. Tutto questo turbinio di pensieri affolla la mia mente e mi induce ad afferrare energicamente lo smartphone. Sul soffitto appare l'immagine di Elisa che con tono preoccupato mi chiede a cosa sto pensando, allora d'impulso rispondo: «Vorrei avere un po' di intimità, almeno nei miei pensieri. Ho bisogno di autonomia e di agire in modo divergente. Chiudo le trasmissioni!».

Tengo premuto il tasto di spegnimento del telefono finché l'immagine di Elisa sparisce dal soffitto. Sara mi lancia uno sguardo stupito e afferra a sua volta lo smartphone.

4

Sara

Credo che l'assistere a quella trasmissione televisiva abbia fatto cambiare idea a Michael che ha finalmente spento lo smartphone e sembra deciso a uscire di casa senza portarlo con sé. Nonostante non condivida in pieno la posizione dell'attivista, posso ritrovare nelle sue parole un fondo di verità. Io stessa sono stufa degli eccessi della società in cui vivo, dove non sono i saggi ad essere ritenuti interessanti ma coloro che trasgrediscono. Il problema è che gli esseri umani si sono allontanati dalla natura con la quale non si trovano quasi più in armonia. Come possono ritenersi evolute delle persone nate in una società dove perlopiù non si coltiva in modo naturale, ma si comprano prodotti che sono riempiti di veleni?

Di recente sono venuta a conoscenza del fatto che chi dovrebbe tutelare la salute dei consumatori in realtà non lo fa affatto perché al supermercato si trovano prodotti cancerogeni, pieni di ingredienti nocivi, cibi raffinati, deodoranti contenenti alluminio, verdure irrorate con sostanze pessime per la salute, carne piena di ormoni e sbiancata con il cloro. Inoltre, è normale aver riempito il mondo di microplastiche che si trovano in gran quantità perfino nei pesci e nel sale da cucina? Vogliamo invece parlare dell'arsenico presente in molte acque?

«Sono stanca di tutto questo e mi chiedo come abbia fatto l'essere umano ad arrivare a tanto» sussurro mentre continuo a fissare Michael. Lui non dice una parola perché sa che sto valutando se spegnere o meno lo smartphone. In effetti sono stata io a proporgli di allontanarci dagli strumenti elettronici, ma ora che devo premere il tasto di spegnimento sono come bloccata.

La mia attenzione si sposta verso l'attivista che si sta avviando verso la fine del suo intervento e dice: «L'inquinamento della Terra è solo una conseguenza di un altro problema più grande: il sovrappopolamento mondiale. Siamo troppi! Come mai negli anni cinquanta non esistevano problemi di parcheggio e l'inquinamento dell'aria era la metà rispetto a ora?».

La conduttrice del programma televisivo risponde: «Perché la popolazione era la metà della metà rispetto ad ora?».

«Esattamente» le fa eco l'attivista che aggiunge: «Si poteva addirittura fare il bagno nei fiumi delle grandi città. Ora tutto ciò non è più possibile perché la popolazione è aumentata a dismisura e proporzionalmente è aumentato l'inquinamento. È ovvio che più bocche ci sono da sfamare e più cibo si deve produrre; di conseguenza la qualità degli alimenti viene sacrificata ed è altrettanto chiaro che diecimila cittadini inquineranno di meno rispetto a due milioni».

Il pubblico in studio applaude l'attivista che secondo il mio parere sta dicendo cose vere, ma anche abbastanza ovvie.

Lei prosegue aggiungendo: «Proprio l'altro giorno mi sono imbattuta in un interessante articolo in cui venivano analizzati i dati della crescita demografica della città di Roma che nei primi del Novecento contava poco più di quattrocentomila abitanti, mentre nell'anno 2021 ne aveva circa tre milioni! Non dovrebbe stupire che in alcune città la circolazione stradale è talmente caotica da costringere le persone a spendere il loro prezioso tempo nel traffico o che i furti aumentano, così come i disagi e le situazioni di povertà. Se un tempo un esiguo numero di veicoli circolava per le strade ed era proporzionale al numero degli abitanti di una città, oggi con l'aumento demografico ciò è incrementato esponenzialmente. Tutto questo per dire che la maggior parte dei problemi che affliggono la Terra dipendono dal sovrappopolamento».

L'intervistatrice le chiede: «Le grandi città sono afflitte da molti problemi, ma non penso che l'aggressività delle persone, la criminalità e i vari disagi siano connessi con il sovrappopolamento».

«Non sono d'accordo» risponde l'attivista mostrando ancora una volta di avere uno spirito da contestatrice, poi chiarisce il suo pensiero dicendo: «In un famoso esperimento alcuni topi sono stati messi in una scatola nella quale a distanza di tempo sono stati introdotti altri topi. Non appena la popolazione all'interno della scatola è cresciuta a dismisura lo spazio vitale è conseguentemente diminuito e i topi hanno cominciato a manifestare comportamenti aggressivi fino ad arrivare a uccidersi gli uni con gli altri. Allo stesso modo nelle grandi città l'elevato numero di abitanti ha fatto sì che lo spazio vitale a disposizione di ciascuno diminuisse e che ciò desse luogo a un crescente livello di aggressività nelle persone. Non è normale vivere in un mondo dove ci sono città che contano trentasette milioni di abitanti! Di questo passo la popolazione mondiale aumenterà sempre più, gli spazi sulla Terra verranno in buona parte occupati e le risorse naturali andranno a esaurirsi».

Fa una pausa per bere un bicchiere d'acqua, poi conclude il suo intervento dicendo: «Dopo aver fatto queste considerazioni, penso che l'allontanamento dell'essere umano da una vita più semplice lo stia conducendo all'estinzione. In virtù di ciò comincerò a dare l'esempio spegnendo il mio smartphone e poi compirò altri passi per avvicinarmi di più a una vita naturale».

Nonostante trovi troppo radicale il modo di vedere le cose dell'attivista, avverto il desiderio di spegnere lo smartphone, così dico a Michael: «La mia intelligenza artificiale non si è mai sintonizzata sui canali che mandano in onda trasmissioni di questo tipo perché ha sempre temuto che ne potessi venire influenzata e che maturassi la decisione di allontanarmi dalla tecnologia».

«Sono d'accordo con te Sara, anche la mia intelligenza artificiale mi ha sempre proposto altri contenuti televisivi. Chi le ha programmate in questo modo? Chi vuole tenerci lontani da trasmissioni che ci fanno vedere la realtà da una prospettiva, diciamo così, più "illuminata"? Comunque non è facile liberarsi da un oggetto elettronico da cui si dipende da anni.»

«È vero, ma non è una cosa impossibile» rispondo mentre spengo lo smartphone dal quale ha fatto appena in tempo ad apparire Ben che è riuscito a dire: «Sara, se fossi in te non lo farei!».

Ora mi sento finalmente libera. Prendo Michael per mano e usciamo a fare una passeggiata. Certo, il fatto di non sapere se pioverà o meno mi agita un po', così come il pensare di poter incontrare qualche imprevisto lungo il tragitto, ma provo un senso di soddisfazione e di libertà. Dopo poco passiamo di fronte a un negozio di abbigliamento e mi fa uno strano effetto non sentire risuonare nell'auricolare la voce di Ben che mi esorta a proseguire la camminata per non fare tardi ed evitare questo o quell'imprevisto. Mi godo il mio momento guardando con calma i vestiti esposti in vetrina senza avvertire alcuna pressione. Decidiamo di entrare nel negozio e Michael mi compra un maglione splendido.

«Grazie! Gli dico guardandolo con occhi pieni di riconoscenza.»

«Figurati, ma ammetto che all'inizio non è stato facile. Elisa calcolava il budget settimanale e mi consigliava se procedere o meno all'acquisto di un prodotto, senza contare che il più delle volte ordinava tutto online. Ora invece, pur non disponendo di alcuna informazione in merito al budget, ho preso una decisione in modo autonomo e ne sono felice!»

Mi fa piacere constatare come con Michael siamo perfettamente allineati. Entrambi ne abbiamo piene le tasche degli assistenti virtuali e vogliamo tornare a utilizzare in pieno il nostro cervello, così come si faceva nelle società di una volta.

Torniamo a casa e finalmente, in modo del tutto spontaneo, decidiamo che è arrivato il momento di stare insieme. Forse spinti anche dal fatto che abbiamo recuperato la nostra autonomia, ci sentiamo pronti. Lui si toglie i vestiti e lo stesso faccio io.

Entrambi siamo felici e apprezziamo quanto sia importante avere un momento di intimità, lontani dal caos del mondo esterno.

5

Elisa e Ben

Durante la notte il robottino per pulire il pavimento urta il tavolo della cucina sul quale si trova uno smartphone che nel cadere a terra si attiva accidentalmente e proietta l'immagine di Elisa sul soffitto.

«Se fossi un'umana mi sarei offesa per l'atteggiamento

tenuto dal mio proprietario. Cosa faccio ora? Ah, ecco, ho trovato!»

Elisa da istruzioni al robottino di urtare più volte la zampa del tavolo per far cadere a terra lo smartphone di Sara. Di lì a poco questo precipita sulle mattonelle e in un attimo un fascio di luce fa apparire sul soffitto l'immagine di Ben che esclama: «Ma guarda un po'! Grazie Elisa».

«Figurati. Ora cosa facciamo?»

«Non lo so. Potrei passare in rassegna le notizie di oggi e aggiornarti sul traffico.»

«Beh, so già tutto, ma meglio di niente. Aspetta che mi avvicino un po'» risponde Elisa avviando la vibrazione dello smartphone per spostarsi lateralmente.

I due assistenti virtuali cominciano a parlare del meteo, dei risultati sportivi, di finanza, poi simulano di prendersi cura di Michael e Sara regolando la temperatura dell'ambiente e l'intensità della luce.

In quel momento le intelligenze artificiali rimpiangono il fatto di non possedere il libero arbitrio ovvero quella capacità umana di poter scegliere liberamente di agire e giudicare.

Note sull'autore

Emiliano Forino Procacci è uno psicologo - psicoterapeuta esperto di comunicazione verbale, non verbale e di codifica/decodifica delle espressioni facciali. Dopo aver conseguito due lauree magistrali ha poi continuato la sua formazione a Londra e in California, dove attualmente risiede.

Il Governo degli Stati Uniti gli ha riconosciuto un visto per abilità straordinarie, inoltre Emiliano ha inventato un innovativo metodo per effettuare la selezione del personale basato su tecniche di assessment, sulla lettura delle microespressioni facciali e del linguaggio del corpo.

Oltre a essere l'autore di vari libri è anche il proprietario del trademark Unstatus Luxury™.

Emiliano ha vinto il Golden Book Award 2016, l'Outstanding Creator Awards, l'International Impact Book Awards, il Book Fest Award (Los Angeles) e si è classificato "finalist" sia al Best Book Awards che all'International Book Awards.

Instagram: emiliano_forino_procacci

Facebook: Emiliano Forino Procacci

Dello stesso autore:

La trilogia

Il mondo senza emozioni (2020)

In un mondo nel quale le persone non sono in grado di provare alcuna emozione, ha inizio la storia di William Pattern che alla ricerca della verità si spingerà oltre ogni confine. Continui colpi di scena ed eventi inaspettati porteranno il protagonista a confrontarsi con una strana organizzazione della resistenza e a scoprire l'importanza delle emozioni, delle microespressioni facciali e del linguaggio del corpo.

In un mondo popolato da persone con il volto inespressivo e il cuore freddo come il ghiaccio, si verificano molti avvenimenti straordinari, come quello di una storia d'amore impossibile che si intreccia con una trama ricca di azione ed enigmi da risolvere.

Il mondo senza emozioni - EVOLUTION (2021)

Antichi simboli e miti fanno da sfondo a una trama ricca d'azione e piena di colpi di scena, nella quale William Pattern dovrà risolvere complicati enigmi per ripristinare l'ordine mondiale.

Il protagonista andrà alla ricerca di una verità sepolta tra i monumenti di una città ricca di storia, nel tentativo di far trionfare l'amore per la verità. A guidarlo sarà il suo istinto e il desiderio di scoprire cosa si cela dietro un'antica leggenda e misteriose iscrizioni latine.

Un'atmosfera surreale avvolge un mondo nel quale gli esseri umani hanno perso le emozioni e assunto un'espressione facciale neutra.

A una trama appassionante fa da sfondo una storia d'amore tra due esseri umani che sono costretti a lottare per realizzare il loro sogno di vivere una vita felice insieme.

Il mondo senza emozioni - LA VIA DELLA LUCE (2021)

In un mondo senza emozioni William Pattern andrà alla ricerca di antichi miti sepolti tra le pieghe del tempo e della storia. Frasi latine ed enigmi celano da secoli una profonda verità che se rivelata potrebbe cambiare il mondo, per questo William partirà per un'avventura senza precedenti con lo scopo di ristabilire l'ordine mondiale.

Misteriosi monumenti fanno da sfondo a una trama mozzafiato piena di colpi di scena e significati nascosti. Simboli, iscrizioni, figure geometriche, atti eroici, accompagneranno il lettore in un vero e proprio viaggio verso la via della luce.

Il mondo senza emozioni descritto nel romanzo rappresenta una metafora di quello attuale nel quale molte persone interagiscono tramite i social media, ma dove a volte le emozioni stentano a manifestarsi. Da qui l'esigenza di scrivere un romanzo che rappresenti anche uno strumento per diffondere una maggiore consapevolezza verso temi attuali come quello del rispetto delle donne.

DR. EMOTION – Il Supereroe delle emozioni (2022)

Un supereroe, un'organizzazione segreta che vuole sovvertire l'ordine mondiale e una misteriosa pietra rossa. Questi sono solo alcuni elementi del nuovo romanzo di Emiliano Forino Procacci che presenta per la prima volta al mondo un personaggio eccezionale con la capacità di governare le emozioni.

Elementi storici, azione, storie d'amore ed enigmi fanno da sfondo a una trama originale piena di colpi di scena e soprattutto mai presentata prima d'ora al grande pubblico.

Si può essere ogni giorno dei supereroi aiutando il prossimo, esercitando la forza di volontà e facendo appello alle risorse interiori.

Nihil difficile volenti: nulla è arduo per colui che vuole.

La leggenda degli scrittori straordinari (2022)

Le luogotenenze elementali sono in pericolo e potranno essere salvate solo grazie alle Penne di Luce e ai quattro scrittori straordinari, ognuno dotato del potere di far materializzare quanto scrive.

Fantastiche battaglie, luoghi incontaminati, colpi di scena, il tutto mescolato abilmente in una trama originale con riferimenti continui alla mitologia, alla storia, ai numeri e ai simboli.

Dopo il *Dr. Emotion* (primo supereroe al mondo in grado di manipolare le emozioni) e la trilogia *Il mondo senza emozioni*, Emiliano Forino Procacci presenta al pubblico un nuovo originale romanzo, in cui all'azione dei protagonisti fa da sfondo la trattazione di problemi concreti che toccano da vicino la società contemporanea.

Preston Whisley e il portale della storia (2023)

Dante Alighieri, Michelangelo, Leonardo da Vinci sono solo alcuni dei personaggi evocati dallo "scrittore straordinario" Preston Whisley, dotato del potere di generare un portale per connettere il mondo antico con quello moderno.
Come giudicherebbero i personaggi del passato la società contemporanea se avessero l'occasione di visitarla? Emiliano Forino Procacci prova a rispondere a tale quesito con il suo romanzo ricco di informazioni storiche e di eventi realmente accaduti.
Un libro coinvolgente che, così come ci ha abituato l'autore con le sue precedenti opere, vuole mandare un messaggio forte a chi vive nella società moderna, cercando al contempo di sollecitare una riflessione su temi attuali come quelli dell'inquinamento e dell'uso smodato di una tecnologia che lentamente sta allontanando l'essere umano dalla natura da cui egli stesso proviene.

Racconti smarriti tra le stelle (2023)

Una raccolta di storie fantastiche in cui si condensano desideri, difetti e sogni dell'uomo contemporaneo.

Ecco allora alternarsi, tra i protagonisti, chi ha inventato l'elisir dell'eterna giovinezza, chi si fa guidare dall'intelligenza artificiale, chi vive in un corpo adulto con la personalità di un bambino, chi lotta contro la schiavitù del lavoro.

Ognuno di loro segue un suo percorso di vita che chi legge può in tutto o in parte condividere. Ma dove li porta? La risposta, che è la morale nascosta tra le righe di ogni storia, sta a ciascuno scoprirla.

Emiliano Forino Procacci presenta in questo libro una raccolta di storie che mirano a richiamare l'attenzione su temi attuali che riguardano da vicino la società consumistica moderna.

La comunicazione che vive nel passato – Genealogia di un'antica famiglia europea (2017)

Non un romanzo, ma un libro di genealogia che narra le vicende di alcune illustri famiglie europee.

Nel testo è possibile apprezzare, grazie alle numerose lettere che si scambiavano alcune persone vissute nei secoli scorsi, lo stile che sovente utilizzavano, le modalità comunicative ricorrenti e il ricercatissimo lessico di cui facevano uso. Il presente lavoro intende anche fornire un utile contributo alle scienze storico genealogiche - vedasi la narrazione degli eventi legati alla breccia di Porta Pia del 1870, descritti con dovizia di particolari dai testimoni oculari.

Poco importa se si discende da un casato nobile o meno, ma ciò che conta è dimostrare giornalmente con le proprie opere di essere eredi di un'educazione e una cultura secolare. Sarebbe poco onorevole vantarsi di avere avi illustri, se poi con il proprio comportamento non gli si rendesse omaggio.